Theo von Taane

FUNCRAFT

Eiszeitjäger
Auf der Fährte des Löwen
(ein von Minecraft inspirierter Roman)

Bibliografische Information der Deutschen Nationalbibliothek:
Die Deutsche Nationalbibliothek verzeichnet diese Publikation in der Deutschen Nationalbibliografie; detaillierte bibliografische Daten sind im Internet über http://dnb.dnb.de abrufbar.

© 2017 **Theo von Taane** ; 4. Auflage

Cover und Text: © 2017 Theo von Taane

Herstellung und Verlag: BoD – Books on Demand, Norderstedt

ISBN: 9783743196865

Inhaltsangabe   **Seite**

1. Kapitel - Durch die Tundra

Vor Jahrtausenden, kein Minecrafter hat auch nur annähernd die Zeit bestimmt, da lagen sämtliche Minecraft Biome unter mächtigen Eisschichten begraben. Wo heute Flüsse und Bäche durch blühende Täler rauschen, da zwängten sich unter Ächzen und Krachen die urgewaltigen Eisströme durch, deren Tiefe nicht selten 2000 Blöcke übertraf. Versetzen wir uns in diese Zeit! Wir steigen auf den kalten Nacken eines dieser gewaltigen Gletscher, aber mit Vorsicht, er ist ein tückischer Geselle. In seinen Runzeln und Falten lauert der Tod. Die Längs und Querspalten eines eiszeitlichen Gletschers, auch in seiner Rückzugsphase, führen immer noch in eine unheimliche Tiefe. Wie aus weiter Ferne hören wir dort unten ein heimliches Gurgeln und Zischen. Die Schmelzwasser fallen nieder, rieseln und sprudeln und plätschern, reißen Blöcke und Schottermassen mit und das Gletschertor ergießt sein gelbliches Wasser. Eine sternenklare Nacht leuchtet still auf den Vorlandgletscher nieder. Nur in seinem Inneren ist ein geheimnisvolles Knistern und Gurgeln zu vernehmen.

Leise erhebt sich im Osten der junge Tag. Langgezogene Seitenmoränen[1], hügelige Endmoränen und dazwischen ungeheure Schotterfelder werden sichtbar. Trostlos und leer ist das Gebiet im Norden. Nur vereinzeltes Flechtengewächs wagt sich spärlich bis an den Saum der Gletscherzunge heran. Doch halt! Ist dort nicht...? Tatsächlich! Dort hinter dem Vorsprung des Gletschertores kauert... ein Mensch!

Erst in allernächster Nähe fällt er auf. Die graugelbe Farbe seines enganliegenden Rumpfkleides aus dem Fell der Antilope vermischt sich mit dem Grau des Trümmerfeldes. Sein Überwurf aus Rentierfell erscheint aus einiger Entfernung wie ein Flechtenteppich, und selbst das mit Rot-Ocker bemalte Gesicht und die tätowierten Arme unterscheiden sich kaum von der Farbe seiner Umgebung. Sein scharfgeschnittenes, schönes Gesichtsprofil verrät hohe Intelligenz und Energie. Und seine Augen! Solche Augen haben nur Menschen, deren Blick an weite Fernen gewohnt ist, und dieser Fernblick gibt dem Auge, in der Nähe betrachtet, etwas Träumerisches, Rätselhaftes.

---

[1] Moräne: Ablagerungen von Gesteinsschutt, die aus der Eiszeit stammen.

Wie starr blickt es auch jetzt in die Ferne. Wohin? Ah! Dort, über die ferne Gletscherzunge bewegen sich dunkle Punkte, fünf, sechs, sieben, acht… Rentiere! In einiger Entfernung hinter ihnen tauchen fünf andere Punkte auf. Erst scheinen es ebenfalls Tiere zu sein! Sie verschwinden hinter einer Eiskante und dann kommen wieder zum Vorschein. Es sind gebückt schleichende Menschen!

Vor ihnen her trotten die Rentiere, mehr von ihrem Instinkt als von den Verfolgern gejagt. Kein Zweifel, die Menschen treiben die Herde unserem Jäger zu! Dieser wickelt bedächtig die Lassoschlinge von den Lenden, fasst den mit Wildpferden gravierten Griff mit der Linken und nimmt die kunstvoll aufgewickelte Lederschlinge in die Rechte. So wartet er! Seine sehnigen Oberarme zucken wie verhaltene Spannkraft. Der Mann kann seine Neugierde beherrschen. Nicht ein einziges Mal späht er um die Kante. Es geht noch lange, bis sich von jenseits ein kaum hörbares Schnauben vernehmen lässt. Sie kommen! Lautlos, wie eine gespannte Feder, nimmt der Jäger Wurfstellung ein. Ein nahes Knistern des Schotters, ein leises Plätschern; jetzt muss das Leittier um die Kante des Gletschertores biegen, jetzt - jetzt! Kaum zeigt sich das Geweih des Rentiers, fliegt das Lasso! Das erschreckte Tier prallt mit einem Hochsprung zurück, aber die Schlinge hat sich kunstgerecht um seine linke Geweihstange verfangen. Dann zappelt es verzweifelt, wie ein Fisch an der Angel, während die erschreckte Herde in eleganten Hochsprüngen ausreißt und im nächsten Augenblick hinter den Schutthalden und Eistrümmern verschwunden ist. Das vor Todesangst rasende Tier reißt den Jäger ein Stück mit sich fort, der wie eine in sein Opfer verbissene Wildkatze mit ganzer Kraft gegenhält.

„Hallohhoh! Seil! Seil, Harrar!"

Die Jäger sind da, schon hebt der Vorderste seinen Wurfspeer mit der hellglänzenden Spitze aus Elfenbein. Zischend fährt er dem armen Tier in die Flanke; ein zweiter folgt nach. Da verdreht das Wild rollend die Augen, legt den Kopf noch einmal zurück, wie zu einem letzten Sprung ansetzend, und knickt mit einem tiefen Atemzug zusammen.

„Ihr habt sie von weit her gebracht, Ruwo?" fragt der Jäger der Harrar genannt wird.

„Ja, Bruder," entgegnet der Angeredete, „und wir hatten große Mühe, die Tiere in diese Richtung zu treiben!"

„Weshalb? Der Morgenwind war doch mit euch!"

„Gewiss, Harrar! Aber ich hatte das Gefühl, als ob das Rentier diese Richtung scheute. Wir hatten große Mühe, es am Ausbrechen nach Norden zu verhindern."

„Unbegreiflich! Seit Jahren haben die Tiere doch diesen Wechsel[2]!"

„Ja, Harrar. Mein Bruder steige auf jene Gletscherzinne und schaue, ob er im weitesten Umkreis irgendein Wild bemerken kann!"

„Pah! Sie sind jetzt verscheucht! An die Arbeit!"

Harrar zieht den feingeschnitten Elfenbeindolch aus dem Gürtel und kauert vor dem leise zuckenden Tier nieder. Mit einem geschickten Stoßschnitt öffnet er ihm die Halsader, und zwar so, dass das Blut in die bereitgehaltenen Lederbecher abfließen kann. Dieses Blut wird von den Jägern getrunken, im Glauben daran, dass es die Seele des Tieres enthält und sich dadurch die Schnelligkeit und Ausdauer des Tieres auf sie überträgt. Dazu werden kalte Bratenstücke von Bison und Wildpferd von den Jägern unter frohen Reden verzehrt. Nach diesem blutigen Frühstück werden vier Wurfspeere zu zweien mit Sehnen, Darmsaiten und Schnüren (aus Wildpferdhaar) zusammengebunden und die Wurfstangen aus Rentierhorn als Querhölzer benutzt, um darauf das erlegte Wild zu tragen. Als eine Wüste von unendlicher Trostlosigkeit liegt es vor dem Auge der Rentierjäger, das Tundra Biom der letzten Nacheiszeit.

In der Tieftundra herrschen die von Insekten wimmelnden Moore, in der Hochtundra krüppeln vereinzelte Zwergbäume ihr greisenhaftes Leben dahin. Der rasende Lößsturm hat sie gestriegelt, dass sie aussehen, als ob eine Riesenfaust sie zehnmal um ihre eigene Achse gewickelt hätte.

Sengend brennt die Sonne wie ein glühendes Auge auf die stille Unendlichkeit der Tundra.

Harrar und ein Alter gehen voraus, um den Weg zu prüfen, und dies ist wichtig, denn es geht durch das Tundra Biom!

---

[2] Wechsel: so nennen Jäger einen Tierpfad

Gegen Nachmittag scheint die Vegetation reicher zu werden, aber die Gefahr der Tundra ist noch nicht vorüber. Nicht immer strömen ihre Wasser zu einem Moortümpel oder See zusammen, oft durchsickern sie den Boden und schaffen unter dem trügerischen Moos und Flechtenteppich einen Hohlraum oder Morast, der nur vom breithufigen Rentier gefahrlos beschritten werden darf. Hundertmal sich windende Flüsse ohne wahrnehmbares Gefälle sperren des Öfteren die Landschaften und lagern feine Sandbänke ab, die vom Lößsturm aufgewirbelt und mit den dürren und losen Produkten der Steppe an den Anhöhen als Dünen abgelagert werden. Was der abgehärtete Jäger der Eiszeit leisten und ertragen kann, das zeigt sich hier. Die sechs Jäger haben auf ihrem beschwerlichen Marsch noch nie gerastet! Nun hebt der rüstig voranschreitende Alte die Hand:

„Halt! Wir haben den halben Weg. Nieder mit der Last!"

Zwischen Erlenbüschen, im Schatten einer stattlichen Birke, lassen sich die Jäger nieder und greifen nach ihren Mundvorräten; Bratfleisch mit Fisch, Kleinwaldfrüchten und Zwiebeln. An die Birke gelehnt, schaut der Alte nachdenkend in die Ferne. Von Zeit zu Zeit schiebt er ein Stück Fleisch zwischen seine elfenbeinfarbenen Zähne. Keiner spricht ein Wort; denn der Alte hat noch nicht gesprochen. Er ist das Haupt der Höhlensiedlung von Hador. Hoch in den Lüften zieht ein Falkenpaar über die Tundra. Der Alte verfolgt die Vögel mit seinen Augen, bis sie als kleine Pünktlein im blauen Äther aufgehen.

„Dank dem Allschaffer der Biome, dass wir Vorrat haben!" spricht er „Das Wildrind fängt zu wandern an, die Steppenhengste nüstern der Sonne entgegen und der Lemming rüstet sich zur Todesfahrt!"

„Glaubt mein Vater, dass das bald geschieht?" fragt Harrar, sein Ältester.

„Ehe der Mond sein Geweih aufsetzt, wird der Lößsturm über die Steppe rasen!"

„Ziehen wir westwärts, Vater?"

„Nein! Wir bleiben diesen Winter in der Höhle von Hador. Unter den Jägern des Westens frißt die Rache und der Speer der Vergeltung!"

„Anthors Sohn soll auf der Jagd getötet worden sein!"

„Aus Eifersucht! Sie ist der Wurm des Friedens!"

„Wer wird siegen, Vater?"

„Das Recht und die Ehrlichkeit!"

„Was aber, wenn der Hass und die Tücke triumphieren, Vater?"

„Greift die Gottheit ein mit Hunger und Seuche! Glaube mir, Harrar, jedes Anrecht wird im Laufe der Jahre, früher oder später….horch! Was war das?"

„Was hast du, Ahar?" fragt einer der Jäger. Der Alte, der Vater Harrars und Ruwos, steht in horchender Stellung, die Hand am Ohr.

„Der Wind hat mir einen fernen Ton gebracht, aber ich kann nicht entscheiden, ob es das Brüllen eines Urstiers oder das Wiehern eines Hengstes war… still!"

Man würde einen Halm fallen hören, so still wurde es. Keine Hand bewegt sich mehr, kein Atemzug ist wahrnehmbar. Die Gruppe ist wie erstarrt. Das ist Jägerdisziplin!

„Ich höre nichts mehr!" unterbricht der Alte die Stille.

„Vielleicht ein Windzug!" meint Harrar.

„Möglich!" sagt Ahar gedankenlos, legt sich nieder und drückt das Ohr auf die Erde. Lange verharrt er so. Schließlich steht er auf und schaut nachdenklich vor sich hin.

„Ich vermute eine nahende Bisonherde oder einen wandernden Pferdetrupp. Gehen wir auf die offene Steppe! Hier können wir nichts sehen!"

Die sechs Jäger ergreifen ihre Waffen und pirschen sich lautlos durchs Gebüsch auf die offene Steppe — gegen Osten. Hier eröffnet sich ein Fernblick bis an den grauen Horizont. Zur Rechten zieht sich ein wildzerklüfteter Kalkfelsen gegen Sonnenaufgang, zur Linken schleppt sich ein halbtoter Fluß mit ermüdender Trägheit von Osten her bis nahe an die Erlenbüsche und in unzähligen Windungen mit Inseln und Untiefen nach Norden. Rechts flieht eine Hyäne ins Gebüsch der Felsentrümmer. Der alte Ahar schaut ihr lange nach. Ruwo, sein Jüngster, kann sich eines Lächelns nicht erwehren. Sein Vater sieht es, und zwischen seinen Brauen bildet sich eine strenge Falte.

„Ruwo! Du glaubst, ich hätte vorhin das 'Gelächter' dieses Leichenwolfes gehört?"

„Ja, Vater!" gesteht der Junge ehrlich.

„Es war nicht die Hyäne, auch nicht ein Hengst und noch weniger ein Stier!" erklärt der Alte in einem Ton, aus dem die innerste Überzeugung herausklingt.

„Wir stehen vor der Zeit der Wildfahrten!" wagt Harrar einzuwenden, nur, um den Vater zum Sprechen zu veranlassen. Ahar gilt als der erfahrenste Jäger dieses Steppen Bioms.

Ahar streckt seine Hand aus:

„Schau dort zur Erhebung, Harrar! Siehst du ein Großwild?"

„Nein, Vater!"

„Dein Auge reicht hier weiter als der Ton deines Rufes. Der Ostwind hat jenen Ton gebracht, und doch sehen wir eine wildleere Steppe!"

„Was mag es sein, Vater?"

„Ich weiß es nicht!" entgegnet der Alte nachdenklich. „Ich hörte ihn schon, diesen Ton, aber damals war es... kommt, wir wollen gehen... Halt! Schlingen vor! Er kann uns nicht entrinnen!"

Im Röhricht des Flusses taucht das Schaufelgeweih eines Elches auf!

Er ist fern, hält aber genau in Richtung auf unsere Jäger. Diese verteilen sich blitzschnell in Abständen hinter die Erlenbüsche und rüsten ihre Wurfschlingen. Gemächlich im Halbtrab trottet er heran, der langnasige 'Bruder des Sumpfes'. Plötzlich stutzt er! Seine Ohren legen sich nach vorn und seine Nase dreht sich etwas, wie ein Rüssel, zum Felsgrat hin. Da, wie von einem Speer getroffen, schnellt er hoch und stürzt sich jäh ins aufzischende Wasser des Flusses. Er schwimmt nicht; er rast wie im Sprung hinüber und verschwindet. Enttäuscht winden die Jäger ihre Schlingen wieder auf und sammeln sich um Ahar.

„Der alte Schnüffler hat uns gerochen oder war einer nicht in Deckung?" knurrt der enttäuschte und heißblütige Ruwo.

„Er hat uns nicht gerochen und keiner hat einen Fehler gemacht! Das Tier hat in Richtung Felsen gewittert!" entscheidet der Alte und schaut mit einem langen Atemzug zum felsigen Höhenzug.

„Hat er die Hyäne..."

„Kommt! Aber leise!" befiehlt der Alte mit unterdrückter, eindringlicher Stimme. Hastig geht er voran. Die vier nehmen ihr Wild auf und der Alte macht den Führer. Hinter ihm geht Ruwo. Noch einmal wendet sich Ahar zurück.

„Der erwachsene Elch flieht nicht vor der Höhlenhyäne. Diese geht nur nachts auf Beute!" belehrt er den Jüngsten und geht stumm voran. Unruhig mustert er die Umgebung bis zum Horizont; meist hält er den Kopf gesenkt, als suche er nach Wildspuren.

„Halt!" ruft er plötzlich mit erhobener Hand.

Alles steht still. „Ruwo! Komm her! Was ist das hier?"

„Vater, meinst du diese Fährte? Hm, hier ist wohl die Hyäne gestern Nacht durchgekommen!"

„Harrar! Komm du, und sage dem Kleinen, was du siehst!"

Der 'Kleine' mochte seine 20 Jahre hinter sich haben, und war so groß wie sein Vater!

Harrar betrachtet die Spur bedächtig und verfolgt sie ein Stück weit. Bald kommt er zurück. Seine Lippen sind blass geworden. „Vater, du hast es gewusst!" sagt er, und in seiner Stimme klingt ein leises Beben.

„Nicht gewusst, aber gefühlt!" entgegnet sein Vater, nicht ohne eine gewisse Genugtuung, wenn auch mit verhaltenem Ernst.

„Was ist?" fragt Ruwo ungeduldig.

Ein anderer Jäger kommt heran, Watu, der gewandte Speerwerfer. Kaum hat er sich über die Fährte gekauert, so schnellt er wieder auf:

„Ahour, der Satan der Steppe!"

Lange stehen die Männer rat- und wortlos da. Tiefer Ernst liegt auf ihren Gesichtern. Der Höhlenlöwe ist das furchtbarste Raubtier der Steppe, das nicht nur das Wild in weitem Umkreis vernichtet und verscheucht, sondern auch, getrieben von seiner nie befriedigten Blutgier, den Menschen anschleicht und nicht selten Ansiedelungen auf seinen nächtlichen Jagdzügen überfällt. Harrar schaut mit einem langen, fast sehnsüchtigen Blick nach Westen. Dort, jenseits der gewaltigen Eiszunge auf einem Kalksteingrat liegt die Höhlensiedlung Chohor. Das Vorlandeis bildet hier eine Bucht von zwei Tagreisen.

„Ob sie's wissen in Chohor, dass Ahour im Land ist?" fragt er zaghaft.

„Wohl kaum," erwidert der Alte „der Blutteufel ist mit den wandernden Herden gekommen!"

„Sollte man sie nicht warnen?"

„Wie meinst du, Harrar? Eigentlich ist es unsere Menschenpflicht, aber hüte dich vor dem alten Rahu!"

„Unser weiser Vater hat uns oft vor Rahu gewarnt, wenn wir unter uns waren. Er ist ja ein wilder Geselle, aber schlecht...?"

„Kommt auf jene Anhöhe, damit wir von dem dort hinten" Ahar deutet zum Felsen „nicht gefühlt werden!"

Der Alte geht voran. Unter einem kleinen Felsenschutz bleibt er stehen und zeigt gegen Westen.

„Siehst du die glühende Eiszunge, welche sich in die Steppe hinein erstreckt? Sie heißt die 'Zunge des bösen Weibes'."

„Warum, Vater?" erkundigt sich der neugierige Ruwo.

Ein heiterer Schimmer geht über das verwetterte Gesicht des Alten.

„Du sollst es wissen, Ruwo! Nimm dir eine Lehre davon! Sie hat den schönen Namen aus drei Gründen. Erstens, weil sie sich nie zurückzieht. Zweitens, weil sie alles wieder ans Licht bringt, was man ihr vor Jahrhunderten im Gebirge anvertraut hat. Drittens, weil sie mit ihrem trüben Geifer alles beschmutzt, was in ihrem Bereich liegt!"

„Und viertens," fährt ein Jäger grimmig weiter, „weil sie's auf die Männer abgesehen hat!"

„Wieso das?" wundert sich Ruwo.

„Du musst wissen," fährt Ahar weiter „dass diese Vorlandzunge den Renjäger oft zu einem großen Umweg zwingt. Wenn er diesen abkürzen will, so muss er sie übersteigen, und dies ist nur möglich über den Lauerweg, so genannt, weil in den fürchterlichen Gletscherspalten der grüne Tod lauert. Der Name hat noch einen anderen Grund. Ihr kennt den alten Howe von der Arahöhle?"

„Sein Sohn Owinar ist mein bester Freund!" bekräftigt Harrar mit leuchtenden Augen. „Er ist der berühmteste Bildkünstler des Steppen und des Tundra Bioms!"

„Das war sein Vater auch, und wird es noch sein! Im Steppenwald jenseits der 'Zunge des bösen Weibes' hatte er in seiner Jugend ein Mädchen kennen gelernt, schlank wie die Gazelle der Steppe und rein wie der Himmel der Tundra. Auch Rahu traf sie einst nach einem Jagdzug auf das Mammut und brachte ihr des Öfteren Jagdbeute, Schmucksteine und Flimmermuscheln. Howe schnitzte ihre Gestalt in Elfenbein und verzierte ihre Geräte aus Renhorn mit den Tiergestalten der Steppe. Eines Tages sagte die schöne Rah zu ihm: ‚Howe, ich folge dir!' Da wurde Rahus Wange leer und seine Augen traten tief in ihre Höhlen zurück, um auf Taten der Rache zu sinnen. Auf dem 'Lauerweg' der 'bösen Zunge' lauerte eines Nachts Rahu auf den heimkehrenden Howe. Rahu war ein Riese an Größe und Kraft, Howe ein schlanker Jüngling von mittlerer Größe, mit geschärften Sinnen. Plötzlich fühlte er sich verfolgt und blieb stehen, um seinen Verfolger anzusprechen. Zugleich fasste er nach seinem Speer. Der falsche Rahu gab sich ihm zu erkennen, bot ihm die Hand zum Gruß und… packte ihn! Die sternenhelle Nacht sah einen furchtbaren Kampf zwischen den gefährlichen Gletscherspalten. Rahu wollte seinen Gegner mit Stierenkraft in die Abgründe schleudern. Howes Gewandtheit war der Kraft Rahus ebenbürtig; in seiner blinden Wut glitt der Riese aus und Howe ist mit gezücktem Elfenbeindolch über ihm. Er will seine Hand durchstechen, trifft jedoch im Ringen ein Auge von Rahu. Der Riese gibt mit Brüllen den Kampf verloren. In der Nähe liegt der gurgelnde Rachen des Gletschers. Howe verachtet den tückischen Meuchler und lässt ihn liegen. Seit jener Nacht träumt Rahu von Rache und Vergeltung." Harrar erhebt sich „Der Gletscher leuchtet der Tundra zum Schlaf! Wir müssen uns trennen oder soll ich bleiben, Vater? Wenn mein Vater meint...?"

„Nein, geh', Harrar! Die von Chohor tragen keine Kerben der Rache gegen uns auf ihren Waffen. Sie werden uns danken, wenn wir sie warnen. Lass auch dich warnen, Harrar!"

„Vor dem… Löwen?"

„Ja,…auch!"

„Glück mit euch!"

„Das Heil der Gottheit!"

Harrar schreitet rüstig aus, ohne sich nochmals umzublicken. Seine Gedanken richten sich auf Chohor. Er ist froh, dass er einen wichtigen Grund hat, dorthin zu gehen. Sonst ist er immer verlegen und befangen, der starke Jäger der Tundra und Steppe. Ob sie wohl alle daheim sein werden, der alte Rahu und die Seinen? Wird wohl Raha, seine Tochter, ihm einen Imbiss darreichen? Ja, Rahu ist immer noch ein wilder Geselle, der wird kein Wort der Liebe zum Fremden sprechen. Aber Raha, seine Jüngste, sein Liebling, ist lieblich wie der Thymian der Tundra. Ihre Wangen glühen wie der Gletscher im Morgenrot, ihr Gesang lockt wie die Stimme des Singschwans und ihr Auge spiegelt den Frühlingshimmel der Steppe...

Harrar betritt das Eis der 'Zunge des bösen Weibes'.

Weil der Gletscher hier über felsige Höcker des Untergrundes geht, sind seine Abgründe gähnend geöffnet. Wie lechzende Ungeheuer gähnen sie nach ihren Opfern. Hundert Mann tief liegen hier verschlungene Menschen unverwest begraben. Erst an der Endmoräne wird sie der Gletscher unverdaut ausspeien, wo sie schnell in Verwesung übergehen. Des Öfteren sind solch halbverweste Gletscherleichen und menschliche Knochen gefunden worden. Harrar schreitet unbekümmert der Gefahr über Tod und Grab. Er ist den 'Lauerweg' oft gegangen, schon bei heller Nacht. Er hat die Höhe der Wölbung hinter sich, steht still und beschattet seine Augen gegen die untergehende Sonne. Dort aus jenem Felsengrat jenseits der schmalen Tundra steigt Rauch auf: Chohor! Wie er wieder den 'festen' Boden der Tundra betritt, leuchtet ihm der Abendstern und nach zwei Stunden nächtlicher Wanderung steht er am Felsen von Chohor.

2.   Kapitel - Jäger und Künstler

Bevor sich Harrar der Höhle nähert, lässt er seinen Jagdruf ertönen.

„Wiuuuh! Ihr da Achtung! Aufgepasst!"

Sich ohne Anruf nächtlicherweile einer Jägersiedlung zu nähern, könnte gefährlich werden, weil dort meist eine Wache steht oder herumschleicht. Harrar ist gar nicht überrascht, dass er aus der Nähe angesprochen wird.

„Rehoooh! Wer?"

„Harrar von Hador!" entgegnet der Ankömmling.

„Gruß! Geh hinein!" ruft der Wächter. „Komm mit!"

„Warum?"

„Du wirst es sogleich hören!"   .

Aus den Bäumen im Hintergrund löst sich eine dunkle Gestalt und bietet dem späten Gast die Hand:

„Was gibt's, Harrar von Hador?"

„Kennt mein Bruder von Chohor seine neueste Nachbarschaft?"

„Nein! Wer ist angekommen?"
„Ahour!"
Harrar fühlt instinktiv, wie der andere zusammenfährt. Jener bleibt unwillkürlich einen Moment zurück und sieht sich scheu um, als ob ihm etwas folgte. Dann fasst er den Arm Harrars und fragt hastig:
„Hat Harrar ihn... ihn... gesehen, den... den Satan?"
„Nein! Aber seine Fährte!"
Sie sind an der Felsenhöhle. Mit Stämmchen und Fellen ist am Eingang eine Art Vorhalle oder Windschutz errichtet, durch dessen Lücken und Spalten der flackernde Schein eines Feuers dringt. Dieser 'Vorbau' ist bei gutem Wetter viel trockener und gesünder als der Aufenthalt im feuchten Felseninneren. Der Wächter zieht ein Fell zur Seite und sie treten ein. Um das Feuer ist eine ganze Familienverwandtschaft versammelt. Alte, Junge, Frauen, Mädchen und Kinder. Über dem Feuer dreht ein wilder Geselle den Schenkel eines Bisons. Ein junges, wildhübsches Mädchen lässt aus einer Muschelschale heißes Fett darauf niederträufeln.
„Gruß für Chohor von Hador!" spricht Harrar.
„Willkommen!" antwortet der Chor halblaut und mit neugierigen Blicken.
„Was will Harrar?" fragt der Älteste, kurz und hart.
„Rast für heute! Das heißt, wenn der Gast willkommen ist?"
Die grelle Frage hat den abgehärteten Jäger gestochen. Er will sehen, ob er auch ohne wichtige Kunde willkommen wäre. Der Alte antwortet nicht! An seiner Stelle spricht das Mädchen am Feuer: „Jeder Gast von Hador ist willkommen! Harrar wird mit uns essen und ein gutes Lager finden!"
Harrar dankt und betrachtet eine zeitlang den alten Wildgesellen der auf einem fellbedeckten Stein sitzt und an einer Lanzenspitze aus Mammutzahn schabt. Es ist der alte Rahu! Seine riesige Knochengestalt ist gebeugt, sein sehniger Nacken verbrannt, und wie Eichenknorren dringen seine Knie unter dem Fellkleid hervor. Lange halbgraue Strähnen fallen ihm auf die Schultern und über das Gesicht, sein linkes Auge verdeckend. Das hat er sich so angewöhnt. Dieses Auge ist ja ausgelaufen. Dafür sprüht das andere zwischen den Strähnen hervor wie das Leuchten des Wanderfalken, wenn er sich auf den Lemming stürzt. Wie eine Harpune richtet es sich auf den Wächter.

„Warum hast du deinen Posten verlassen?"

„Um euch den Gast zu bringen und... und..."

„Dann geh' wieder!"

„Vater... Ahour ist im Land!"

Wie jähes Erschrecken fährt es durch die Gruppe. Große, starre Augen richten sich auf den Sprecher. Die Weiber fangen an zu heulen und die Kinder fallen in ihr Wehklagen ein. Da erhebt sich der alte Rahu in seiner ganzen Größe und geht auf Harrar zu.

„Still!" gebietet er mit seiner unheimlichen Höhlenstimme und es ist still!

„Jäger von Hador, hast du die Nachricht gebracht?" fragt der Riese seinen Gast.

„Ja, Rahu! Deshalb bin ich gekommen!" Er fängt dabei einen Blick der schönen Raha auf und wird rot wie ein Mädchen über seine halbe Lüge.

„Harrar hat ihn gesehen, den großen Fresser?"

„Nein, aber seine Fährte!"

„Harrar allein?"

„Nein! Mein Vater Ahar und vier Brüder waren dabei."

„Dann ist kein Zweifel mehr! Ahar ist der zweitgrößte Jäger der Tundra. Wo vermutet er ihn?"

„In den Felsgängen des Weißgrates!"

Der Alte fährt auf, dass sein hohles Auge einen Augenblick sichtbar wird. Lästig fasst er Harrar am Arm.

„Harrar! Das ist nicht weit von Howes Nest in Arah! Weiß Howe, der Schuft, von Ahours Anwesenheit?"

„Ich glaube nicht!"

„Harrar hat ihm nichts gesagt?"

„Nein!"

„Harrar! Du bleibst einige Tage bei uns! Raha! Zerschneide das Fleisch und lege es dem Gast vor! Er bleibt bei uns, bis... bis..."

„Bis ihm die Zeit zu lang wird!" vollendet Raha mit einem Schelmenblick auf Harrar, der wieder bis an die Ohren errötet und sich verlegen über die schöngewellten Locken fährt. Raha verfügt, wie es scheint, über ein rasches Mundwerk und schreckt nicht einmal vor einem Wortwechsel mit Vater Rahu zurück, der sein Töchterchen gründlich verzogen hat. Nun zerlegt sie gewandt den saftigen Bisonschenkel und legt erst dem Gast ein gewaltiges Stück und dann dem Alten doppelt so viel vor. Dann nimmt sie für sich und gibt die Fleischmasse einfach weiter. Die anderen sitzen und kauern noch stumm beim Mahl. Wie ein Bann lastet die Nachricht von dem unheimlichen Wesen über ihnen, das der Aberglaube der Jäger mit einem Nimbus des Schreckens umwoben hat. Rahu schleudert die Knochenreste ins Innere der Höhle.

„So möge Ahour dem Howe, dem Schuft… das Mark aus den Knochen fressen!"

Die Weiber fahren vor Schreck zusammen. „Vater!" ruft Raha vorwurfsvoll.

„Weißt du, was er mir angetan hat?" knirscht der Alte ihr entgegen.

„Nein! Ich weiß es nicht."

„Du weißt es nicht? Habe ich es dir noch nie erzählt?"

„Schon mehr als hundertmal!"

„Und du weißt es nicht? Was Howe, der Schuft, mir angetan hat?"

„Nein! Ich weiß es nicht!"

„Warum nicht?" fragt lauernd der Alte.

„Weil ich nicht dabei war!"

Der alte Rahu erfasst eine Keule.

„Du glaubst, dass ich lüge?" schreit er und erhebt drohend die Keule.

Raha verzieht keine Miene. Sie weiß, dass er seinem 'Herzblättchen' nicht ein Härchen krümmt.

„Hm, hm" mault sie „du erzählst es jedes Mal anders, und da kann ich doch nicht wissen, welche von diesen Geschichten die Wahre ist!"

Der Alte nimmt seine Keule weg, als ob nichts geschehen wäre, und wendet sich zu Harrar:

„Kennt Harrar die Geschichte von mir und dem alten Howe, dem Schuft?"

„Ja!" erwidert dieser ahnungslos.

„Was? Wie? Harrar, du... weißt es? Weißt es genau?"

„Nein! Ich weiß nichts Sicheres!" verbessert sich der Jäger von Hador, als er das misstrauisch glühende Auge auf sich gerichtet sieht.

„Erzähl's ihm doch!" ruft die schöne Raha höhnisch dazwischen.

„Ja, Harrar, du sollst erfahren, was ich noch keinem Menschen anvertraut habe!" beginnt der Alte mit feierlicher Handbewegung.

„Ich war damals fünfundzwanzig Jahre alt." beginnt der Alte. „Ich will mich nicht selber rühmen, aber das eine darf ich sagen, kein Jäger der Steppe und der Tundra hätte den Kampf gewagt mit Rahu, dem Löwen von Chohor! Bereits fünf wuchtige Höhlenlöwen und drei Höhlenbären waren meinem Arm und meiner Todeswaffe zum Opfer gefallen..."
„... zwei davon sind jetzt erwachsen."
kommt es flüsternd vom steinernen Nähtisch her.
„...die unzähligen Herden von Urstieren, Bisonen, Elchen, Hirschen und Rentieren nicht mitgerechnet!"
„Du hast etwas vergessen, Vater!" ruft der holde Wildfang herüber.
„Was, bissige Hyäne?"
„Die fünfzehn Mammutelefanten, Vater!"
„Beim Satan der Steppe! Du hast Recht, Heideblümchen!"
„Die siebenundzwanzig Moschusochsen darfst du auch nicht vergessen!"
„Mein Gedächtnis nimmt ab, Liebling! Denk du für mich! Also, die vierundzwanzig Mammutelefanten und die sechsunddreißig Moschusochsen will ich nicht erwähnen! Aber das darfst du mir glauben, Harrar, wo Rahu auftrat, da schritten vor ihm Tod und Vernichtung. Man nannte ihn mit Grauen den 'Schrecken der Steppe'! Bei einem Jagdzug auf das Mammut traf ich auf Rah, die Blume von Ulianti. Ihre Seele flog mir entgegen wie der Duft der blühenden Steppe, und eines Tages erklärte sie mir, dass die Schlange des Kummers an ihrem Herzen nagt, wenn sie nicht mein Herdfeuer anblasen dürfte. Als ich wieder fort war, kam Howe, der Schuft, und verzauberte sie! Er war meiner Fährte gefolgt wie die Hyäne, um das Wild aufzulesen, das ich nicht mehr tragen konnte. Von dieser Jagdbeute brachte er ihr eine Antilope und drei Biber zum Geschenk. Rah ließ das Geschenk liegen und wandte sich ab. Ihre Seele war bei Rahu, dem Jäger von Chohor. Da braute Howe, der Schuft, einen Trank aus dem Blut des Kolkraben mit Schierlingstropfen und Mohnsaft, sprach den bösen Zauber darüber und reichte ihn der Blume von Ulianti mit der Lüge, dass sie ewige Jugend trinke. Rah führt den Lederbecher an die Lippen und verfällt nach dem Trank in den Wahnsinn der Freude. Als sie sich davon erholt, ist ihre Seele ausgewechselt. Sie sieht in Howe, dem Schuft, den großen Jäger von Chohor und folgt ihm. Der Betrüger ist dabei nicht ruhig. Er hört im Schlaf den Rachegesang Rahus und flieht im Traum vor

der Faust seines Verfolgers. Und sinnt deshalb, der Schuft, auf Rahus Tod. Als ich eines Tages bis spät am Abend das Mammut gejagt hatte, musste ich nachts über die 'Zunge des bösen Weibes' von Chohor. Kein Stern beleuchtete den Lauerweg. Ich weiß es noch, als wäre es vor Stunden gewesen. Ich musste mit meinem Speer den Weg an den Abgründen vorbeitasten und betete den Zauber des Todes. Plötzlich fühle ich mich verfolgt. Hinter mir knirschte das Eis. Ich rufe, und... da zischte ein Wurfspeer an mir vorbei! Ich greife nach dem Meinen. Wie ich nach dem feigen Meuchler ausschaue, trifft mich ein Wurfstein an die linke Augenbraue und quetscht mir das Auge aus. Der Schuft erblinde dafür! Einen Augenblick bin ich wie betäubt vor Schmerz, und diesen Augenblick benutzt der Aashund, um mich mit dem Dolch anzurennen. Aber, Jäger von Hador, da kam Rahu, der Mammutjäger über Howe, den Schuft, und unter meinen Armen knickte er zusammen wie eine Gazelle unter der Pranke Ahours. Das Weibermaul fängt zu heulen an und schwört unter Wimmern, dass er mich für einen anderen gehalten habe. Obwohl ich wusste, dass die Todesangst ihm diese Lüge auspresste, wandte ich mich mit Verachtung von dem Erbärmlichen weg und ließ ihn liegen wie einen Auswurf. Seither weicht er mir aus. wie das Schneehuhn dem Eisfuchs. Aber beim Satan der Steppe! Wenn ich ihn treffe, so mache ich aus seinem Fleische Fischköder!"
„Vater", sagt Raha ergriffen „so schön hast du die Geschichte noch nie erzählt!" Dann fragt sie: „Hasst du ihn so furchtbar, Vater, den Howe?" Ahnungslos geht der Alte in die gestellte Falle. „Ob ich ihn hasse? Den Howe, den Schuft? Wie der Wanderfalke den Lemming, wie der Gletscher den Sonnenstrahl... nein, wie der Löwe das Faulfleisch!"
„Vater, wenn du ihn so furchtbar hasst, warum hast du ihn nicht umgebracht?"
„Weil ich vor seinem Weibergeheul Herzwasser bekam! Glaubst du etwa... was glaubst du denn?"
„Was sollte ich glauben, Väterchen?"
„Meinst du etwa, ich hätte Howe, den Schuft... oder Howe hätte...."
„Was, Vater?"
„Überhaupt, glaubst du etwa nicht an die Geschichte?"
„O doch, Vater! Ich glaube die Geschichte so, wie sie sich ereignet hat."

„Also, Herzchen, hol' einen Tropfen Beerenwasser!"
Wie Raha aus dem Lederschlauch Beerensaft mit Wasser mischt und in Urhörnern herumreicht, zieht Harrar eine fein gearbeitete Halskette aus Elfenbeinplättchen, Fischwirbeln und Kirschaugenzähnen aus seiner Jagdtasche. Während sie ihm einschenkt, legt er den Schmuck um ihren schönen Hals. Seine Finger zittern und seine Pulse jagen. Wenn sie den Schmuck zurückweist, so ist er verschmäht und verhöhnt. Es würde ihm nichts anderes übrig bleiben, als heute Nacht noch die Höhle zu verlassen, trotz Ahour und Finsternis! Doch die Gefahr ist nicht groß! Die weiße Schmuckkette legt sich zu herrlich um das schwere Wellenhaar, das wie ein wilder Gletscherbach über Schultern und Arme fließt. Leicht errötend greift sie nach dem feinpolierten Brustplättchen.
„Ah eine Antilope! Wie hübsch! Hat Harrar sie selbst eingraviert?"
„Ja, Raha!" gesteht Harrar mit der Verlegenheit eines Knaben.
„Das macht Harrar niemand nach!"
„Ich will nicht lügen, Raha. Es gibt einen, vor dem ich ein Stümper bin!"
„Wer ist dieser Eine?"
Scheu blickt sich Harrar zum Alten um, und wie er sicht, dass dieser mit einer Speerspitze beschäftigt ist, flüstert er:
„Owinar, der Sohn Howes!"
Wie ein angeschossener Eber fährt der Alte herum:
„Wie? … Wie? Was sagt Harrar?"
„Nichts, Vater!" antwortet Raha an Harrars Stelle. „Du hast falsch verstanden!"
„Was hab' ich falsch verstanden? ‚Owinar' hat er gesagt!"
Rahu neigt sich zutraulich über den stattlichen Jäger: „Harrar, du sollst mir als Sohn willkommen sein! Keiner mehr als du. Du bist tapfer und gewandt, und dein Name fliegt wie ein hochgekrönter Hirsch durch die Steppe! Raha! Raha! Bring auch dem Harrar ein Stück von den Keulen! Wir können ja doch nicht schlafen!"
In der Tat kauert noch die ganze Sippe um das Herdfeuer. Nur ein Kleines ist auf dem Schoß seiner Mutter eingeschlafen. Besuch ist hier selten, und… Ahour ist ja im Land! Da ergreift einer der Jüngsten das Wort:
„Vater, werden wir Ahour jagen?"

„Entweder muss er verschwinden, oder wir müssen weiterziehen. Er verjagt alles Fleisch im weiten Umkreis. Haben wir Vorrat für den Winter, Raha?"
„Es wird für zehn Mondwechsel reichen, Vater!"
„Das ist mehr als genug! Da brauchen wir den Satan nicht zu suchen. Wenn er hier sein Winterlager aufschlägt, so werden wir den Frühling mit einer Löwenjagd eröffnen müssen oder... wandern!"
„Wollen wir ihn nicht diesen Herbst noch fragen, wie teuer er sein Fell verkauft?"
Der Alte gibt dem Jüngling einen zärtlichen Blick; es ist Tarahu, sein Jüngster.
„Tarahu! Du bist tapfer und mutig, aber jung und unerfahren! Weißt du, wie man den Satan der Steppe jagt?"
„Ich würde es so machen; ich schleppe ein blutiges Wild über seine Fährte unter einen starken Baum, besteige diesen und warte mit der Giftharpune, bis er kommt!"
„Nicht schlecht, Tarahu! Wenn du ihn aber nicht richtig triffst, durch das Geäst des Baumes ist das nicht so leicht, so schlägt er unter deinem Baum sein Lager auf und geht nicht fort. Er lauert auf dich wie die Wildkatze auf die Springmaus!"
„Wenn er nur leicht geritzt ist, so muss er am gleichen Tag sterben!"
„Täusche dich nicht! Wenn er nicht ins fließende Blut getroffen ist, so kannst du auf dem Baum anwachsen, bis er fortgeht. Er legt sich hin und leckt seine Wunde stundenlang aus, wie jedes Tier, das verwundet ist, und oft ist es vorgekommen, dass er die Ritzung gereinigt hat. Dann geht er oft scheinbar weg und lauert in den nahen Büschen auf dich. Vielleicht geht er heimlich und still auf die Jagd; aber du weißt nicht, ob er noch da ist und kein erfahrener Jäger wird herunter steigen, es wäre der sicherste Tod. Du musst ihn an einer Stelle treffen, wo er sich nicht lecken kann, und diese Stelle liegt von seiner Schnauze bis zum Nacken!"
„Da leg' ich ihm eine Schlinge!"
„Du? Ihm eine Schlinge? Lass dich warnen, Bub! Deine Schlingen zerreißt er wie Halme, die sich in seinen Pfoten verfangen! Da braucht es Sehnenschlingen vom Mammut, und die müssen so angelegt sein, dass er nichts davon spürt. Sobald er eine Schlinge oder Falle wittert, umkreist er sie schnuppernd und... geht fort!"

„Ich werde..."
„Nichts wirst du… Tarahu!" Der Alte hebt zornig die Faust. „Ich verbiete es dir!"
„Vater! Das ist nicht so gefährlich, und wenn ich..."
„Kein Wort mehr!"
Der graue Riese ist verstimmt. Plötzlich leuchtet sein Auge auf in heimlichem Feuer.
„Wir jagen ihn nicht!" keucht er hämisch. „Vielleicht, auf dass er mir einen Dienst erweist, der Satan der Steppe!"
Harrar versteht den Alten gut und schweigt. Die schöne Raha kann nicht an sich halten.
„Ich werde sie warnen lassen, die ahnungslosen Menschen von Arah! Morgen werde ich..."
„Faulfleisch!" Wie ein Steinwurf fliegt das hässliche Wort Raha ins Gesicht. Ihre Lippen sind blass geworden wie der Kalkstein der Höhle, ihre Brust hebt und senkt sich wie die Flanken des getroffenen Hirsches, ihre Händchen ballen sich, aber sie... schweigt. Raha schweigt! Das will etwas heissen. Sie ist eine wilde Antilope, eine schmeichelnde, bissige Wildkatze, aber das, was der Vater gesagt hat, das war ihr ein Schlag, wie der Schlag einer Keule. Sie ist weder empfindlich noch zartfühlend, aber ihr Auge ist klar wie der Himmel der Tundra. Sie reicht Harrar die Hand und steht auf und in ihren Augen glitzert es wie Morgentau!
„Harrar, gute Nacht! Wenn ich einst einem Jäger an den Herd folge, werde ich nie mehr nach Chohor gehen!"   .
„Raha!" schreit der Alte auf wie in wildem Schmerz. „Raha! Ich wollte nicht..."
Raha ist über die Steinwehr ins Innere der Höhle geschnellt. Einen Augenblick ist es totenstill; Harrar glaubt, dem Alten etwas sagen zu müssen: „Rahu nimm das nicht so schwer! Morgen wird vieles vergessen sein, und — im Grunde darf Rahu stolz auf seine Tochter sein!"
Der graue Riese stiert vor sich hin. Noch einmal tröstet Harrar.
„Raha liebt ihren Vater doch!"
„Aber vergessen wird sie nicht! Sie wird das Wort in ihr Herz begraben, wie einen ewigen Fluch. Harrar, du musst wissen, bevor du... mein Sohn wirst, es ist nicht Rache allein, welche mich die Sippe Howes — Ahour fresse den

Schuft! Howes Sippe verfluchen gelehrt hat. Vor vielen, vielen Sommern befragte ich den Zauberer von Ulianti über mein Schicksal. Er befragte das heilige Feuer und gab mir die Antwort: ‚Durch den Stamm Howes — Ahour fresse seine Gebeine! — durch den Stamm Howes wird Gram und Vernichtung über dein Blut kommen wie der Lößsturm über die Knospen der Steppe! Da habe ich geschworen bei den Gebeinen meiner Ahnen, dass nie Freundschaft und Verkehr den Weg austreten soll zwischen Chohor und Arah."

„Wie heißt der Zauberer?"

„Howatu."

„Ah, Howatu, der buckelige Träumer von Ulianti?"

„Dieser! Kennt ihn Harrar?"

„Ich habe von ihm gehört!"

„Er ist der größte Zauberer und Wahrsager des westlichen Gletscherlandes! Wenn er einem den Tod voraussagt, so stirbt derselbe innerhalb einem Mondeswechsel!"

„Ist er Howes Freund?"

„Im Gegenteil! Er hasst ihn, inniger als ich selbst!"

Harrar blickt nachdenklich ins Herdfeuer, wo sich die Wurzeln und Zweige durch die Glut der eigenen Flamme verzehren.

„Begreift nun Harrar, dass ich nie dulden werde, dass sich eines der Meinen mit jenem Hyänenwurf befreundet? Eher werde ich, Harrar, höre, was der alte Rahu spricht, eher werde ich, beim Satan der Steppe, eher wird Rahu, der Schrecken von Chohor... was war das, Harrar? Hörst du nichts?"

Harrar ist aufgefahren und alle horchen mit geweiteten Augen. Aus der Ferne dringt etwas wie dumpfes Getöse. Es kommt näher und näher. „Eine Bisonherde" sagt Rahu und zieht den Fellvorhang zur Seite. Harrar und die anderen Männer treten mit dem Alten vor den Eingang. Es ist helle Nacht. Aus der Ferne leuchtet der Gletscher die 'Zunge des bösen Weibes'. Unmittelbar vor ihnen zieht sich zwischen Tundra und Felsgrat ein schmales Steppenband hin, und dort jagen die Büffel heran. Der Boden dröhnt unter ihren Füßen. Ihre wulstigen Nacken und die gesenkten Hörner scheinen einen unsichtbaren Feind anrennen zu wollen. Sie sind vorüber, ihr Trab hört sich nur noch wie ein dumpfer Luftzug und die Jäger wollen sich zurückziehen.

„Seid still!" gebietet der Alte. „Habt ihr gesehen, wie die Büffel ihre Hörner trugen? Sie sind vor etwas geflohen, und... seht dort! Kommen dort nicht? Wahrhaftig! Dort kommt ein Trupp Wildhengste angerast. Seht ihr, wie sie die Mähnen sträuben, wie sie die Nüstern heben... merkt ihr, wie die Hintersten seitlich fliehen... Ahour ist auf der Jagd!"

Ein leises Grauen schleicht heran.

„Warum hört man ihn nicht?" fragt einer mit einer Stimme, als ob seine Zähne vor Kälte klapperten.

„Wenn er ein alter Mörder ist, so brüllt er nur über dem geschlagenen Wild! Solange er der Fährte seines Opfers folgt, ist sein Maul..."

Rahu wird unterbrochen. Aus der Ferne hebt ein Ton an, tief und unheimlich, als ob eine Höhle gähnte, und dieses Gähnen schwillt an zu einem krachenden Brüllen.

Wie das Heulen des Sturmes, gewaltig, königlich fährt der Ton über die Steppe.

Die abgewetterten Gestalten der Jäger scheinen kleiner geworden zu fein. Nur Tarahus Augen blitzen!

„Nun ist ein Wild gefallen!" flüstert der Alte. „Seht dort!"

Auf die niedrigeren Büsche am Fuß des Felsgrates kommt mit kurzatmigem Stöhnen eine Antilope zu. Das leichtfüßige Tier fliegt nicht wie sonst daher. Mit krampfhaften Anstrengungen arbeitet es sich vorwärts, ein ängstliches: — „n" — „n" — „n" — ausstoßend. Wie zu Tode gebrochen legt es sich im Gebüsch nieder.

„Es hat die Angstlähmung" erklärt Rahu. „Ahour hat seinen Zauber gesprochen; da ist das Wild der Steppe gebannt!". In der Nähe springt eine dunkle Masse vom Felsgrat herab. Die Jäger zucken zusammen wie unter einer Geistererscheinung. Ein unangenehmes Gekläffe entpuppt das Tier als Höhlenhyäne. Sie hat den Kriegsruf des 'Herrn' vernommen und wittert die Brotsamen, die von seinem Tisch fallen. Auch die Männer stehen infolge des plötzlich auftauchenden Schattens unter dem Bann der Angstlähmung. Kein Laut ist hörbar. Die ganze Natur scheint unter dem Bann des Unheimlichen zu stehen.

„Jetzt schleicht er wieder!" flüstert Rahu. „Gehen wir hinein und schüren das Feuer hoch! Fasst Wurfstange und Mammutspeer!"

Als sie in den Vorbau treten, starren ihnen über die Steinwehr die angstgeweiteten Augen der Weiber und Kinder entgegen.

„Geht in eure Schlafwinkel!" ruft der Alte gebieterisch „die Männer bleiben mit ihren Schwerwaffen im Vorbau, Tarahu, hole mir den... wo ist Tarahu?"

Tarahu ist nicht hier, nicht mit hereingekommen!

„Tarahu!"... Keine Antwort! Lästig stürzt der Alte durch den Felleingang.

„Tarahu!"... Keine Antwort. Er ist nirgends zu sehen!

Den Riesen fasst ein jähes Erschrecken.

„Tarahu ist fort! Sollte der Unbesonnene... Wer geht mit? Wir müssen ihm nach!"

„Ich... ich... ich..." alle treten vor!

„Haltet hier Wache! Schürt das Feuer hoch! Ich gehe mit Harrar!"

„Ich danke dir, Rahu!" sagt dieser stolz.

Der Vorhang bauscht sich und... Tarahu tritt mit der erlegten Antilope herein! Ein Atmen der Erlösung geht durch die Reihen. Der Alte fährt auf.

„Verfluchter Lümmel! Was fällt dir ein! Beim Schädel meines Großvaters! Wer hätte das gewagt! Bald wird sein Name an den Nachtfeuern der Jäger erklingen! Geht dieser Säugling bei Nacht zur Jagd, wenn der Satan der Steppe schleicht! Tu's nochmal! Wenn Ahour Menschenfleisch gerochen hätte! Ein solcher Wahnsinn! Harrar! Darf ich nicht stolz sein auf meinen Helden? Leg' das Tier dorthin. Ein anderes Mal kriegst du Prügel wie eine Bärenhaut! Raha! Raha! Hast du gesehen? Bring' dem Liebling meiner Seele ein Stück Rehlende mit Süßwasser."

Hoch flackert das Feuer. Seine Flammen schlagen zur Höhlendecke empor und dahinter stehen die Jäger mit ihren Waffen. Keiner spricht ein Wort. Draußen ist es wieder still. Doch, da kommt es wieder, jenes stöhnende Gähnen: „Ahouuu!" Diesmal viel näher. Die Wächter greifen zur Wurfstange und legen ihre Speere auf. So harren die Jäger der Dinge oder vielmehr des Dinges, das da kommen könnte. Sie haben oft erzählen gehört, dass der ‚Menschenlöwe' plötzlich in einer Wohnhöhle aufgetaucht sei und die Bewohner mit seinem fürchterlichen Gruß gelähmt habe. Im Hintergrund beten die Weiber und Kinder mit stockendem Atem und halten ihre Kleinen umschlungen. Eine Urahne malt mit Ocker ein Zeichen auf ihre alte Haut und flüstert Zauberformeln. Kindern, die schreien wollen, wird der Mund zugehalten. Rahu sitzt auf seinem Stein. Plötzlich horcht er auf!

„Draußen schleicht etwas! Aufgepasst! Harrar, nimm ein brennendes Scheit in die Linke!"

Wahrhaftig, draußen naht etwas. Die Muskeln der Jäger spannen sich, ihre blassen Lippen beben. Der Vorhang fliegt zur Seite, und unter dem Eingang steht ein Jäger! Er ist jung und schlank. Seine Rechte hält einen Speer, seine Linke stützt sich auf den Griff des Elfenbeindolches in seinem Gürtel. Mit der Mähne seines Überwurfes aus Rentierfell vermischt sich wie eine sprudelnde Waldquelle sein herrliches Haar. Weiche, stille Augen blicken träumerisch herüber, so tief, als ob sie jeden Gegenstand für immer erfassen wollten.

„Empfangt den Gruß des fremden Jägers!" sagt er bescheiden.

Harrar schnellt empor wie eine flüchtige Gemse.

„Owinar! Der Künstler von Arah! Owinar, der Sohn Howes!" Mit einem Freudenruf drückt er die Hand des Angekommenen an seine Brust.

Der alte Rahu richtet sich langsam empor; seine Faust hält den Kinnbacken eines Bisons. Mit weit vorgestrecktem Haupt starrt er auf den 'Fremdling'; verwundert, verständnislos.

„Was will Owinar, der Sohn des Howe, hier?" fragt er scheinbar gleichgültig.

„Ich bitte um Obdach und um einen Bissen! Ich habe seit Arah nichts gegessen. Ahour hat mir die Jagd vertrieben!"

Die Knochengestalt des Riesen schnellt in die Höhe:

„Aashund von Arah! Seit vierzig Jahren hab' ich auf 'ihn' gewartet! Er kam nicht! Treff' ich dich, so treff' ich ihn! Nieder mit dir!"

Fletschend holt er wie im Sprung zum Schlag aus.

Harrar springt dazwischen:

„Rahu! Er ist mein Freund!" spricht er ruhig.

Owinar hat nicht zur Waffe gegriffen. So überrascht ist er über diesen Empfang. Der Alte stockt einen Augenblick vor dem ruhigen Blick Harrars, nur einen Augenblick, dann holt er jäh wieder aus.

„Fort!... Oder... du zuerst!"

Der wildwütende Riese fasst mit seiner knochigen Linken nach Harrars Schulter und... der Alte bricht unter Harrars Armen zusammen. Augenblicklich wird dieser von den anderen gepackt. Ein furchtbares Ringen.

Sie bringen den Athleten von Hador nicht zu Boden, aber der besiegte Rahu findet Zeit um sich mit stöhnendem Knirschen auf dem Ankömmling zu stürzen.

„Nieder mit dir... Satan...!"

Wie der Wind fliegt eine Gestalt dazwischen und fängt seinen Arm auf. Raha!

„Vater! Soll man auf allen Steppen die Schmach von Chohor erzählen, dass ein fremder Jäger hier umsonst um einen Bissen gebeten hat? Sollen die Mütter ihren Kindern erzählen vom großen Feigling von Chohor, der das Blut des Bittenden vergoß?" So hatte Raha noch nie zu ihrem Vater gesprochen!

Mit einem Mal wird es in der Höhle totenstill.

„Raha... Raha!" keucht er „Nur diesmal nicht... diesmal störe mich nicht... du weißt nicht, Raha...eher würde ich dich...“

„Gut! Töte mich! Ich will die Schande nicht ertragen!" Wie versteinert schaut Owinar auf den Kampf der entfesselten Gemüter.

„Geh' zur Seite! Oder ich werfe dich über die Steinwehr!" donnert der wahnsinnige Alte.

Harrar meldet sich, den die Männer Rahus noch gepackt halten.

„Rahu! Ich kann meinem Freund nicht helfen. Ich kann für ihn nicht sterben. Aber das schwört dir Harrar von Hador bei der Ehre seiner Seele, wenn du meinen Freund meuchelst, so werden die Jäger der Steppe alle die deinen, die dir geholfen, vor deinen Augen erwürgen und dich waffenlos in die Tundra jagen!"

Der Alte knirscht zwischen den Zähnen: „Das wird nicht geschehen, Fuchs von Hador!"

„Warum nicht, Rahu?"

„Weil dir der Atem fehlen wird, dies zu erzählen...! Erwürgt ihn!"

Raha springt unter den Eingang und streckt wie zum Schwur die Hand nach ihrem Vater aus.

„Raha wird noch heute Nacht die Kunde der Schmach über die Steppe tragen, trotz Ahour und Finsternis!"

Das hatte der Alte nicht erwartet. Er weiß, dass Raha die Drohung ausführen wird! Unschlüssig bleibt er stehen, und sein wildes Blut scheint sich zu beruhigen. Wie er so dasteht, kommt sein Jüngster und sagt ihm etwas ins Ohr. Der Alte scheint aufzuhorchen, legt seinem Sprössling seine Hand auf den Scheitel und nickt! Wie entschuldigend sagt er: „Ich war in Wut... ihr habt Recht... er mag bleiben!" Damit setzt er sich und starrt düster vor sich hin. Raha bietet dem Gast die Hand.

„Owinar, sei willkommen!"

„Ich danke dir! Wer bist du, tapferes Mädchen?" Sie wird rot bis an die Haarwurzeln.

„Ich bin Raha, die Tochter Rahus!"

„Raha, du bist schön wie der Thymian der Tundra, tapfer wie das Reh, das seine Zicklein gegen den Geier verteidigt, und deine Seele ist rein wie Morgenrot! Du warst zum Tod bereit für die Ehre von Chohor. Du würdest auch für deine Ehre sterben! Raha, ich werde dein Bild in Elfenbein schneiden!"

Aus Rahas Augen fällt es wie glitzernder Morgentau. Sie blickt zu dem jungen Jäger auf, will ihm danken und kann es nicht. Die Rührung hat ihre Kehle zugeschnürt. Ihre Augen sprechen die Sprache des zu Tode getroffenen Rehs. Owinar, der Künstler von Arah, wird ihr Bild in Elfenbein schneiden! Unwillkürlich greift sie nach dem Elfenbeinplättchen auf ihrer Brust. Eine Antilope! Owinar wird Rahas Bild aus dem Zahn des Mammuts schneiden! Wird er das können? Sie zweifelt keinen Augenblick. Sie hat in seine Augen geschaut und in diesen Augen hat sie ihr eigenes Bild gesehen. Dieses Bild wird Owinar nach Arah nehmen und frisch und lebendig ins Elfenbein zaubern! Harrar ist wieder zu Owinar getreten. Über allen liegt eine drückende Schwüle. Finster brütet der Alte vor sich hin. Raha holt dem neuen Gast einen Imbiss, legt auch Harrar vor und geht aufrecht und mutig zu ihrem Vater hin.

„Vater, willst du auch essen?"

Ein unverständliches Brummen ist die Antwort. Raha holt auf einer Rentierschaufel feingeräuchertes, geschnittenes Wildbret mit Speck und legt die duftende Delikatesse wie eine Beize vor den Alten hin. Ob er wohl in die Falle gehen wird? O Weib, dein Name ist List! Doch der Vulkan raucht immer noch, wenn sein Ausbruch auch vorüber ist. Der Alte rührt den Schmaus nicht an, so sehr er ihm die Nase umschmeichelt.

„Vater!" beginnt Raha in weichen, schmeichelnden Lauten „Du hast mir heute ein böses Wort gesagt. Ich will es vergessen! Du hast es nicht so bös gemeint; ich weiß es!"

Der Alte schnauft wie im Kampf mit sich selbst. „Auch ich bin vorhin etwas ungezogen gewesen."

„Es ist mir leid, dass ich dich betrübt habe! Ich bitte dich um Verzeihung! Du verzeihst mir?"

Da greift er mit einem tiefen Seufzer nach dem ersten Bratenstück.

„Ich bereite dir dafür morgen einen Rauchbraten mit Zwiebeln und Lauch! Soll ich's vorher in Blut aufweichen?"

Der alte Wildling fühlt am Oberarm ihre streichelnde Berührung, und... er greift nach dem zweiten Bratenstück! So, denkt Raha, er ist jetzt auf die Fährte gesetzt und wird sie von selbst weiter verfolgen. Sie steht auf und verschwindet hinter der Steinwehr. Bald dämmert der Morgen. Ahours Besuch ist jetzt nicht mehr zu fürchten. Die Jäger, die Weiber und Kinder legen sich auf die Felle und schlummern bis tief in den Tag hinein. Harrar und Owinar schlafen nicht. Vorsicht ist die Schwester der Klugheit, und für gewöhnlich kommt der Fuchs, wenn die Henne schläft! Noch zwei andere schliefen nicht. Der alte Rahu und sein Liebling, der 'Säugling'. Was die beiden besprochen haben? Niemand hat es gehört, ausser einem Mäuschen, das an die Speisereste wollte, aber zitternd verschwand, als es die Worte der beiden vernahm. Ob Raha schlief? Wenigstens glaubte sie zu träumen. Sie sah die ganze Zeit zwei herrliche Augen und in ihren Sternen sich selbst.

Die Sonne brannte über den südlichen Gletscherstreifen, als Raha ihren Gästen das Morgenmahl brachte. Um ihren Hals hängt noch die Kette Harrars. Owinar wirft einen prüfenden Blick darauf, ohne eine Miene zu verziehen. Harrar sieht diesen Blick und errötet wie ein Knabe, der auf die Jagd mit durfte und einen Wildesel auf drei Mannslängen verfehlt hat.

Dass auch Raha dem wilden Weidwerk nicht fremd ist, zeigt der um ihre schlanken Lenden gewundene Lasso, dessen unverzierter Griff wie ein Dolch niederbaumelt. Verstohlen betrachtet sie den 'Künstler von Arah' bei Licht. Der schmerzhafte Tiefglanz seiner Augen gibt dem edelgeschnittenen Antlitz einen ergreifend schönen Ausdruck.

„Raha!"

Wie sie zusammenzuckt! Er hat sie bei ihrem Blick ertappt. Verlegen tastet sie nach dem Lassogriff.

„Raha! Meine schöne Schwester trägt ihren Lassogriff unverziert. Sie ist nicht eitel!"

„Ich... ich kann... nicht so schön ritzen wie... wie Owinar, zeichne mir mein Bruder etwas auf mein Lassoheft!"

„Raha, hole mir einen Ritzstein!"

Mit geröteten Wangen kommt Raha dem Ersuchen nach und löst den Griff aus Rentierhorn von der Schlinge. Owinar nimmt das Stück an dem einen Ende mit der Linken und legt das andere auf einen Stein.

„Raha! Welches ist dein Lieblingstier?"

„Das Rentier!"

„Warum?"

„Weil es so schöne, traurige Augen hat!"

Owinar schließt für einen Augenblick seine Lider, als ob er sich etwas vergegenwärtigen wollte. Dann nimmt er den scharfen Feuerstein, dessen Spitze wie der Schnabel eines Raubvogels ausgeschlagen ist, in die Rechte und führt erst einige kaum sichtbare Linien über die rundgeschabte Fläche hin, mißt und vergleicht die Größenverhältnisse und setzt endlich mit sicherem Zug ein. Raha schaut so gespannt und versunken, über seine Schultern gebeugt, der Arbeit zu, dass ihre Haarwellen den Nacken und die Wange des Künstlers umkosen. Es ist kein Wunder. So feinen Schwung der Linien hat sie noch nie gesehen. Der junge Künstler scheint das Tier zum Leben zu erwecken. Beide fühlen nicht, wie ein glühendes Auge auf sie gerichtet ist!

„Raha!" ruft der Alte.

Sie hört ihn nicht.

„Raha! Hast du nichts zu tun, als zu gaffen?"

Sie schaut auf.

„Vater! Arbeiten kann ich jeden Tag, aber so etwas sehe ich vielleicht nie mehr!"

„Da kannst du Recht haben, Raha!" sagt der Alte merkwürdigerweise.

Auch das lange Zuschauen ermüdet. Leise hat sich ihre Linke gehoben und auf Owinars Schulter gestützt.

„Owinar!" flüstert sie leis, damit es der Vater nicht hört.

„Wie, Raha?"

Indem er das Gesicht ihr zuwenden will, berühren sich zwei Wangen.

„Owinar, kann man diese Kunst erlernen?"

„Ja, Raha... wenn man Liebe und Ausdauer hat!"

„Liebe...? Und Ausdauer?"

„Ja, Raha. Liebe für die Kunst und Ausdauer in der Übung!"

„Liebe für die Kunst! Owinar, ich kann die Welt vergessen, wenn ich dir zuschauen darf!"

„Aber die Ausdauer in der Übung, Raha? Junge Mädchen sind unbeständig, auch in der Liebe und Treue für die Kunst!"

„Liebe und Treue... Liebe und Treue für die Kunst! Wie schön du das sagen kannst! Deine Worte sind so schön wie deine Linien!"

Beide hören nicht das schwere Atmen Harrars neben ihnen.

„Raha! Dein Herz ist gut und groß! Soviel Liebe hat die Kunst selten beim Weib gefunden. Gestern hast du deine große Seele offenbart! Raha! Ich danke dir!"

Ganz leise legt sich ihre Wange an die seinige, wie zufällig, aber... drei Augen haben es gesehen! Endlich steht der Künstler auf. Das Werk ist fertig. Raha betrachtet es lange, mit wogender Brust und freudegeröteten Wangen.

„Owinar Owinar! Welch ein Andenken! Das ist keine tote Antilope, wie, wie Owinar, das Rentier lebt! Es weidet in der Tundra. Es stellt die Füße nacheinander kreuzweise vorwärts. Wenn man die Stellung der Beine sieht und den Kopf samt Hals verdeckt, so sieht man, dass es nicht springt, nicht wandert, sondern weidet. Sogar der erhobene Schwanzstummel scheint behaglich zu wedeln, wie er es nur tut, wenn es der Flechte nachgeht. Weißt du, Owinar, dieses Stück wird erst im Tod von mir gehen. Raha reicht Harrar das Prunkstück! Dieser nimmt es wie gedankenlos, fast widerwillig. Sein Gesicht ist leichenblaß. Seine Lippen zucken, sprechen kann er nicht! Wortlos gibt er das Meisterwerk zurück. Raha hält es dem Vater hin: „Hast du schon so etwas gesehen, Vater?" Merkwürdigerweise scheint sich die Wut des Alten gelegt zu haben. Wohlwollend betrachtet er das gravierte Rentier auf Renhorn.

„Hm hmmm... nicht schlecht! Etwas mager, hat zu wenig Fleisch!"

Das schöne Rentier geht von Hand zu Hand. Wenn man auch dem Künstler nicht gut gesonnen ist, so richten sich doch scheue, fast ehrfurchtsvolle Blicke auf ihn. Harrar stützt seine Stirn in die Hand und betrachtet am Boden einen Ameisenkampf. Um was kämpfen sie? Um die Nahrung? Die ist in Fülle vorhanden. Um den Wohnraum? Der Wald ist groß und die Steppe ist weit! Um die Gunst einer Königin? Das wäre etwas anderes! Sollte die Eifersucht auch diese Tierchen erfassen. dass sie Kampf und Qual und Vernichtung der Verschmähung vorziehen? Der Alte tritt unter den Eingang und sieht sich den Himmel prüfend an.

„Der Himmel verstellt sein Gesicht! Tarahu!"

„Vater?"

„Hast du deine Biberfallen eingezogen?"

„Nein! Soll ich gehen?"

„Du tätest gut daran!"

Alles hört sich so harmlos an wie ein Gespräch beim Fellkleidnähen. Der Junge steht auf, nimmt seine Waffen, Mundvorrat und geht.

„Auch ich muss fort!" erklärt Owinar nach einer Weile. Da protestiert der Alte!

„Ruhe zuerst aus und iß! Die heutige Nacht wird klar und hell sein! Oder fürchtest du nicht Ahour, den Satan der Steppe?"

„Hab' ich mich gestern Nacht gefürchtet, Vater Rahu?" Das klang sehr zweideutig, und der Alte versteht den Hieb.

„Du hast einen guten Geist gehabt, der dich beschützte!" entgegnet Rahu ebenso doppelsinnig.

„Ich hoffe, dass er mich nie verlassen wird!" spricht Owinar mit träumerisch gehobenen Wimpern.

„Er wird dich nie verlassen!" ruft Raha von der Seite her, und vier Augen tauchen ineinander wie zum ewigen Schwur vereinigt.

„Die Geister sind tückisch und treulos wie die Weiber!" höhnt der Alte hämisch.

„Wie die Weiber!" spricht Harrar tonlos.

„Welchen Weg willst du nehmen, Owinar?" fragt der Alte leichthin.

„Ich gehe über die 'Zunge des bösen Weibes'!"

„Fürchtest du ihre Tücke nicht?"

„Owinar hat seine Kunst der höchsten Gottheit geweiht. Wenn sie mich beschützt, kann kein niedriger Dämon mir schaden!"

„In der Nacht herrschen die bösen Geister vor, Owinar von Arah! Doch, du fürchtest dich ja nicht. Willst du uns nicht ein Bild auf die Höhlenwand zaubern, bis das Abschiedsmahl bereitet ist?" Wie ungewohnt der Alte spricht! Raha kommt lachend geflogen und nimmt den Künstler in die Arme.

„Ja, Owinar… Ein Bild auf die Wand, ein großes, eins mit Farben! Willst du? Ja, du willst Owinar? Sonst sag' ich einfach: Du musst!"

„Und wenn ich mich weigere, Springmaus von Chohor?" fragt lächelnd der Künstler von Arah.

„Owinar, dann falle ich vor dir nieder und bitte und bitte, wie eine hungrige Meise im Winter! Würdest du mir nichts streuen, Owinar, wenn ich als frierendes Vögelchen zu dir käme?"

„Nein, Raha! Ich würde dir vorerst nichts geben!"

„Nichts... geben... Owi... nar?" Ihre Augen glitzern und in ihrem Hals würgt ein Schlucken.

„Nein, Raha! Ich würde dich fangen!"

Wie Morgenrot huscht es über ihr Gesicht. Lange schaut sie ihn an, dann sagt sie leise, wie weltverloren:

„Ich würde die Wipfel des Waldes vergessen und die Blumen der Steppe.“

„Na, willst du, Bilderkratzer?" fährt die Löwenstimme des grauen Riesen dazwischen.

„Ah so, das Wandbild! Was soll ich hinwerfen?"

„Einen Bison"... „Einen Urstier!"... „Nein, das Mammut!"... „Das Nashorn!" so tönt es durcheinander.

„Zeichne Ahour, den Satan der Steppe!" ruft der Alte dazwischen. Alles schaut gespannt auf den Künstler. Wird er zeichnen können, was er vielleicht nie gesehen hat? Wenige von den Jägern sind dem Satan der Steppe schon begegnet. Der alte Rahu kennt das Wild der Steppe und Tundra wie seine flache Hand. Er wird den Künstler scharf beurteilen können!

Owinar nimmt einige große Feuersteinspitzen zur Hand und probiert ihre Tauglichkeit. Er stellt sich an einer glatten Wandstelle in Position. Erst scheint er da und dort eine zarte Linie zu ziehen, dann werden die Züge kräftig und sicher, und als die Umrisse in starken Kurven die richtigen

Größenverhältnisse festgelegt haben, geht er an die Ausarbeitung des Kopfes. Mit jeder Linie wird das Tier lebendiger... lauernder gieriger. Lautlos schleichend hebt es nach Katzenart leise die rechte Pfote!

„Bei den Knochen meiner Urahnen! Das ist Ahour, der Satan! Ja, so geht er... so kommt er!" ruft Rahu in rückhaltloser Anerkennung des Meisterstückes. „Owinar, wo hast du ihn gesehen, den schleichenden Dämon?"

„Mit meinem Vater und vier Brüdern hab' ich ihn vor sechs Jahren in den Bergen von Arantu beim Fraß belauscht. Ich zählte damals 18 Jahre... Wo ist Harrar?"

Man sieht sich um... Harrar ist verschwunden! Während alles gespannt die Künstlerhand Owinars verfolgte, ging er fort, ohne Gruß, ohne Abschied. Owinar ist namenlos erstaunt. Der Alte nicht! Er weiß, warum der Jäger von Hador so still davongegangen ist!

„Raha! Warum ist Harrar im Zorn fort? Weißt du es nicht?" fragt Rahu seine Tochter grimmig. Ihre Nasenflügel zucken!

„Ich... ich... habe ihn nicht geschickt! Und auch nicht gerufen!"

Dem Künstler von Arah dämmert leise die Erkenntnis, warum Harrar gegangen sein könnte!

„Ich muss fort... ihm nach!" stößt er hastig heraus und greift nach seinem Jagdgerät.

„Willst du nicht das Bild vollenden?" fragt die schöne Sünderin ohne Reue.

„Ja!" knurrt der Alte zwischen den Zähnen heraus. „Mach zuerst das Bild fertig. Es könnte unvollendet bleiben, wenn du nie mehr zurückkommst!"

„Ich komme wieder... Lebt wohl!"

Er geht. Raha tritt unter den Eingang und hebt die Hand zum Gruß. Lange bleibt sie dort, bis der Künstler von Arah im Strauchwerk der Steppe verschwunden ist. Dann geht sie an die Wand und betrachtet das unvollendete Bild.

„Ist Tarahu noch nicht zurück?" unterbricht Rahu ihre Betrachtung.

„Nein!"

„Er könnte hier sein! Wo mag er wieder stecken? Ich werde ihn holen müssen, sonst kommt er vor Nacht nicht heim, und... Ahour lebt!"

Wie mißmutig greift der Alte nach seinen Jagdwaffen und geht. Owinar folgt der Fährte Harrars. Dies ist nicht schwierig, zumal der Künstler die Richtung des Geflohenen kennt. Nach einiger Zeit sieht er ihn an den Stamm einer Birke gelehnt. Der Mann ist so in sich versunken, dass er erst aufschaut, als Owinar vor ihm steht.

„Was will Owinar?" fragt Harrar finster, ohne den einstigen Freund offen anzusehen.

„Ich wollte nicht ohne Gruß von Harrar gehen!"

„Die Freundschaft lebt nicht in Worten!"

„Aber sie kann durch Schweigen sterben!"

„So möge Owinar sprechen!"

„Harrar, ich fürchte, auf meines Bruders Seele will die Nacht sich senken!"

„Wenn die Sonne sinkt, kommt die Nacht... und Harrars Sonne ist untergegangen, für immer!"

„Ihr Morgenrot wird wieder die schlafende Blume der Steppe wecken!"

„Ich werde sie nicht mehr sehen; die Augen meiner Seele haben in die Sonne geschaut und sind erblindet!"

„Harrar! Ich will mit meinem Bruder blind sein!"

„Die Seele deiner Sprache ist dunkel!"

„Ich will sie unverhüllt offenbaren. Harrar liebt Raha, die Tochter Rahus!"

Harrar fährt wild auf:

„Nein, ich liebe sie nicht!"

„Harrar hat sie geliebt!"

„Ja! Ich streckte die Hand aus nach der Blume, und mich hat eine Schlange gebissen!"

„Harrar! Ich glaube, Raha ist nicht schlecht, aber das Herz des Weibes ist ein Birkenblatt; es zittert bei jedem Wind!"

„Es zittert nicht mehr, dieses Blatt. Es ist Owinar in den Schoß gefallen!"

„Harrar! Das Bild von Chohor ist unvollendet! Ich werde Raha nie mehr sehen. Owinar von Arah kauft nicht die Liebe einer Raha von Chohor mit der Freundschaft Harrars!"

Harrar schnellt auf.

„Owinar! Deine Seele ist noch herrlicher als deine Kunst!"

„In einer gemeinen Seele kann die Kunst nicht leben, Harrar! Owinar entsagt. Seine Liebe wird nur der Kunst noch leben und der Freundschaft Harrars!"

„Owinar! Ich bin deiner nicht wert! Ich habe dich gehaßt!"

Der Künstler lächelt:

„Mein Bruder Harrar ist ehrlich... wie der Bär der Tundra. Hier meine Hand. Sie wird sich erst in der Totenstarre für Harrar schließen!"

Die Augen des Jägers leuchten auf.

„Es sei! Die Seele Harrars schaut wieder Morgenrot!"

„Sie wird das Licht des Tages schauen. Die Sonne von Chohor wird ihr wieder leuchten!"

Der Jäger von Hador greift nach seinem Dolch und zerbricht ihn wie dürres Reis.

„Owinar! So zerbrech' ich meine Liebe... ein Jäger von Hador bettelt nicht vor dem Tor von Chohorl"

Auch der Künstler zieht seinen Elfenbeindolch. Ah, welch ein Stück! Der Griff ist ein liegendes Rentier mit zurückgelegtem Geweih.

„Ist meinem Bruder der Dolch der Liebe zerbrochen, so nehme er dafür den Dolch der Freundschaft!"

„Ich nehme ihn an! Wenn ich ihn meinem Blutsbruder je versage in der Not, so mag die Hand mir faulen!"

Die beiden sitzen lange beisammen!

Es ist Abend geworden. Unter der Lichtfülle des Abendrots flammen die Gletscher auf. Nicht weit vor ihnen droht die 'Zunge des bösen Weibes'.

„Nun muss ich gehen, Harrar, bald senkt sich die Nacht! Ich seh' Harrar bald wieder!"

„Welchen Weg nimmt mein Bruder?"

„Über die 'Zunge des bösen Weibes'!"

„Bei Nacht? Will Owinar sie nicht lieber umgehen?"

„Ich bin ihn oft des Nachts gegangen. Mein Auge ist scharf und die Nacht wird hell sein!"

„Jenes Gewölk dort? Es ist so drückend. Sollte Rahu von Chohor Recht bekommen?"

„Wegen des Lößsturmes... kaum vor morgen! Leb' wohl. Harrar!"

„Heil auf deinem Pfad! Erfreue mein Auge bald wieder, Owinar!"

Ein weher Schatten senkt sich auf das schöne Antlitz Owinars.

„Meine Wege sind dunkel wie die Nacht! Nur ein Stern sendet mir Licht! Heil deinem Fuß!"

Dort geht er! Sein Haupt ist etwas gesenkt, sein Fuß zögernd. Es geht der Tundra entgegen... oder beugt ihn sein geheimes Leid! Warum hat er von seinem Weh nichts verlauten lassen? Harrar schaut ihm nach, bis ihn die Wellenhügel der Tundra seinen Augen entzogen haben. Er wendet sich bedächtig gegen Aufgang, der Steppe zu. Die Luft ist schwül und still. Das Leben scheint wie niedergedrückt. Harrar geht sinnend weiter. Ein ferner Donner hinter ihm lässt ihn zurückschauen. Eine blauschwarze Wand wälzt sich heran. Schwer aufgetürmte Ballen stoßen wie mit Berggewalt vor und die Erde scheint unter ihrem Rollen zu wanken. Harrar kennt die Zeichen. Der Lößsturm kommt! Der Name kommt von 'lose', weil dieser Sturm alles mit sich fortreißt, was nicht mit dem Erdboden verankert ist. Die in der Steppe ruhiger gewordenen Gletscherwasser lagern dort selbst ganze Bänke feinsten Sandes ab, die in den relativ kurzen, aber heissen Sommern 'klingend' trocken werden und von den gewaltigen, gluterzeugten Stürmen durch die Steppe gefegt werden, um an den Hängen als Wehen oder Lößdünen abgelagert zu werden.

Harrar sucht unter einem Felsen Schutz vor dem 'brüllenden Bison', wie der Lößsturm auch unter den Jägern genannt wird. Es ist plötzlich Nacht geworden, ein Blitz fällt in die Helligkeit des anderen ein. Harrar blickt ruhig in die rasenden Elemente. Büsche neigen sich platt zur Erde wie unter einer Riesenwalze. Bäume knicken und krachen und die Sandhosen wirbeln den Tanz des Wahnsinns durch die Steppe. Die dürren Pflanzen richten sich zum Tanz auf, haken sich ineinander und rasen wie Spukgestalten und Riesentiere vor dem Orkan her. Feenhaft beleuchten die zuckenden Blitze das grandiose Naturspiel. Harrar muss an seinen Freund denken. Wenn er über den Gletscherspalten von diesem Orkan überrascht worden wäre! Die Übersteigung der Gletscherzunge beansprucht eine Zeit von wenigstens zwei Stunden! Gegen Morgen wird es windstill und glanzhell. Harrar steigt auf den Felsen. Eben geht die Sonne auf und die Gletscher des Südens leuchten wie ein unendliches Diadem. Nicht weit von Harrars Standort, im Süden, strahlt die 'Zunge des bösen Weibes'. Die Adleraugen des Jägers leuchten plötzlich auf und er hebt die Hand über seine Augen. Ist es möglich? Auf der Gletscherzunge, in weiter, weiter Ferne bewegt sich ein Punkt gegen Aufgang!

„Ein Mensch!" flüstert der Jäger. „Wo war der über Nacht? Ob es Owinar
ist?"

3. Kapitel – Die Mammutjagd

Gegen Mittag kommt Harrar an die Niederungen des Biberflusses. Gebeugt
unter der strahlenden Glut der Mittagssonne wandert er wankend zwischen
den spärlichen Erlenbüschen und Birkenstämmen dahin. Er hat nichts zu
essen, denkt nicht an Rast. Die Ereignisse der letzten Tage lasten wie ein
herbstlicher Tundranebel auf seiner Seele. Immer wieder steigt in ihm die
Frage auf, wer war der Mann heute Morgen auf der Gletscherzunge? War es
sein Freund, der seelenedle Künstler von Arah? Was hatte er erlebt in jener
furchtbaren Lößsturmnacht? Fast zieht es den Wildjäger wie mit unsichtbarer
Hand nach Arah… Plötzlich, mit einem Ruck schnellt er auf. Die Müdigkeit und
Schlaffheit des Wanderers ist verschwunden und die Natur des Jägers ist
erwacht! Ein tiefes, gurgelndes Schnarchen, Grunzen… Stöhnen? Ein Ton, der
mit nichts verglichen werden kann als mit den Stößen eines Urhornes aus
dem Inneren einer tiefen Höhle. Der Jäger weiß sofort, was es ist. In seinen
glänzenden Augen strahlt das Entzücken der Jagd. So ‚singt‘ nur das…
Mammut! Mit schleichender Sorgfalt pirscht er sich durch die Stauden,
lautlos streicht er die Laubzweige auseinander. Ah ja, dort sind sie, die Riesen
der Steppe, eine Herde von fünf, sieben, neun, dreizehn, achtzehn Stück.
Unter ihnen scheint ein Männchen zu sein, der die Herde leitet. Mit
klopfendem Herzen zieht sich unser Jäger zurück und blickt zur Sonne.
„Ich kann bis heute abend daheim sein!" spricht er laut zu sich selber. „Bis
morgen mittag sind wir gerüstet. Huioh! Eine Mammutjagd!"
Er kommt in Laufschritt, der ‚müde Wanderer‘, fegt wie ein Bison über die
herbstliche Steppe und landet in der Höhle von Hador vor Sonnenuntergang.
Eben bringen drei Jäger, unter ihnen Ruwo, der ‚Kleine‘, auf einem Baumast
einen erlegten Moschusochsen dahergeschleppt.
„Loioh! Harrar! Wo schleicht Ahour, der Satan der Steppe?" ruft Ruwo dem
Heimgekehrten entgegen.
„Gruß! Zwischen Arah und Chohor!"

„Hat ihn der alte Rahu von Chohor noch nicht erjagt?"

„Vorläufig wünscht er ihn dem alten Howe an den Hals!"

„Und dieser?"

„Hofft wohl, dass er die Knochen Rahus von Chohor vorziehen werde."

„Wenn er hier sein Wesen treiben würde, so würde ich ihm einen Handel vorschlagen!" entgegnet Ruwo.

„Vorläufig wird Ruwo sich mit einem Mammut begnügen müssen!"

„Harrar!" rufen alle drei wie aus einem Mund. Ihre Augen blitzen vor Abenteuerlust. Die von Hador galten als die furchtlosesten Jäger der Steppe.

„Wo?" ruft auch schon Vater Ahar, der unter die offene Höhle getreten ist.

„Es ist ein Trupp von achtzehn Stück im großen Knie des Biberflusses!"

Legt euch zum Schlaf nieder, um nach Mitternacht gerüstet zu sein!" sagt der Sippenvater Ahar.

Den Befehl zum Schlafen konnte Ahar zwar geben, aber schlafen... schlafen vor einer Mammutjagd! Man legt sich hin auf die weichen Felle und ißt und erzählt von altersgrauen Heldentaten.

Gegen Mitternacht steht der Alte auf.

„Harrar! Du gehst mit Dreien voraus und bereitest die Fallgrube und die Schlingen! Wähle dir die drei Gewandtesten, wir acht übrigen sind morgen Abend im Erlenwäldchen beim Schelchsumpf. Sende dorthin Bericht!"

„Gut!" erwidert Harrar. „Ich nehme den Howah, den Tujoh und..."

„Ich will auch mit!" ruft Ruwo energisch. Harrar wirft auf den Vater einen fragenden Blick und sagt „Meinetwegen! Rüstet die Werkzeuge und die Waffen!"

Harrar und die drei Jäger treffen ihre Vorbereitungen. Holzspaten, Schlingen aus Mammutsehnen an mehrfach gedrehten Lederriemen, Schleudern und Wurflanzen schwersten Kalibers werden zusammengebunden und auf die Rücken geschnallt. Die anderen acht Krieger rüsten Kienfackeln, Urhörner, Lanzen und Proviant für den Fall, dass der Zug mißlingen sollte.

In der Nacht bricht Harrar mit seinen Genossen auf. Große, bange Augen schauen ihnen nach. Die drei haben die Aufgabe, an günstiger Stelle eine Fallgrube mit Schlingenvorrichtung anzulegen. Jeder von ihnen trägt ein Bündel von halb Mannsgewicht. Die Mammutsehnen sind steife, geschmierte Schlingen von Daumendicke und die gedrehten Riemen daran haben den

Amfang eines Armgelenkes. Zudem tragen die Schleuderschlingen oft Schwungsteine. Um eine solche Schlinge richtig auf zwanzig Mannslängen zu werfen, braucht es einen Arm aus Sehnen und Stahl. Harrar ist der richtige Führer. Er hebt mit jedem Arm den schwersten Mann aus den Angeln. Nicht einmal der alte Rahu leugnet es mehr! Am Vormittag nähern sich die Vier der Stelle, wo Harrar gestern den Trupp entdeckt hat. Vorsichtig wie Füchse auf dem Strich gehen sie vor. Einmal 'angescheucht', flieht das Mammut in die Steppe und legt im gemütlichsten Trott in zwei Stunden einen Tagesmarsch zurück. Wird es verfolgt, so rast es mit erhobenem Rüssel und hochgeschwungenem Schwanzstummel über die Ebene hin, dass Wildpferd und Hirsch im Wettlauf zurückbleiben würden. Es scheint ein plumper Schlemmer zu sein, aber wenn es sich in Rennlauf setzt, erzittern die obersten Erdschichten unter seinen Beinsäulen und die hinter ihm sich schließende Luft wird zum hörbaren Wirbelwind. Harrar geht voran wie die schleichende Wildkatze. Er hat die Stelle erreicht, wo er gestern stand und er bleibt enttäuscht stehen. Die Herde ist fort!
Ruwo, der 'Kleine', heult:
„Nun sind sie fort, die Feiglinge! Die Freude war zu groß! Ich wollte lieber, meine Großmutter wäre gestorben!"
„Schäme dich, Grunznase! Wenn mich nicht alles täuscht, so kann deine Großmutter ihren Liebling überleben. Die Mammute sind nicht geflohen, sondern sie haben sich nur im Weiden verzogen... vorwärts!"
Lautlos durch die Erlenbüsche weiter! Harrar bleibt stehen.
„Fühlst du nichts, kleiner Pfeifhase?"
„Nein! Ich fühle... halt! Da! Ja doch! Da hat, hm, hm..."
„Was du riechst, ist nichts anderes als die Ausdünstung. Mir nach!"
Wiederum schleichen die Jäger tief ins Gras gebückt weiter.
Gesenkten Hauptes folgt Ruwo als letzter, bis Harrar zurückwinkt. Sie bleiben lautlos stehen, während der Führer allein weiter geht und verschwindet. Bald kommt er wieder. Sein Gesicht strahlt!
„Sie sind im großen Flußbogen... sie haben einen zweijährigen 'Ruwo' bei sich. Er wälzt sich in allen Pfützen und streckt alle Viere in die Höhe! Ein gutes Zeichen, der Platz ist ausgezeichnet!"
„Wieso?"

„Wir gehen quer durch den Bogen ans andere Knie, dort gibt es starke Bäume und eine alte Grube. Die können wir bis zum Abend herrichten. Die anderen Acht können uns die Bande mit Leichtigkeit herbringen... vorwärts!"

„Ich nehme den Alten!" schmunzelt Ruwo zwischen den Zähnen.

„Oder er... dich!" warnt Harrar.

Am jenseitigen Knie des Biberflusses angekommen, werfen sie ihre Last ab und ruhen ein Weilchen. Indessen schleicht Ruwo durch die Büsche, um Ausschau zu halten. Nach einer Weile geht Harrar ihm nach und findet ihn behaglich im Geäst einer Birke sitzend.

„Was tust du da?" fragt er ihn.

„Ich bin auf der Lauer!"

„Bis sie dich fühlen! Was siehst du?"

„Ich glaube, sie machen ein Feuer an!"

„Bist du... verrückt?"

„Schau mal her!"

Mit drei Rückschwüngen ist Harrar oben.

„Aha! Sie bespritzen einander mit den Rüsseln und die Sonne scheint da rein. Der Wasserstaub wirbelt dabei wie Rauch in die Höhe… Komm' herab!"

„Wozu?"

„Weil du deine Dummheiten unten ausführen kannst!"

„Wenn es sich darum handelt, so bin ich kaum notwendig!"

So necken sich die beiden Brüder, wenn sie in der fröhlichsten Jagdstimmung sind, wobei Ruwo sich immer zuletzt der Autorität des Ältern fügt. So auch jetzt. Er steigt herab.

„Wo ist die Grube, Harrar?" fragt er im Absteigen.

„Hier, zwischen deinem Baum und dem Flußknie muss sie sein... ah, schau dort! Die Erlenbüsche haben sie in den letzten Jahren schön verdeckt. Hole die anderen zwei und alles Material!"

Wie die Drei mit ihren Geräten anrücken, erklärt ihnen Harrar den Plan.

„Erst höhlen wir die Grube gründlich aus, belegen sie mit Schlingen und verdecken sie mit Ästen, Zweigen, Gras und Flechten aus der Umgebung. Einer von euch bringt den anderen acht die Meldung und rückt mit ihnen vor. Wir vier verteilen unsere Rollen so: An dieser Birke befestige ich eine Wurfschlinge. Die nimmt Howah zur Hand und wirft, wenn das Mammut

zwischen ihm und der Grube durch will oder wenn es, was ich nicht hoffe, zur Außenseite in Wurfweite vorbeifliet. Tujoh stellt sich mit der Schleuder zwischen Fluß und Grube und versucht die Flucht in Richtung Grube auszurichten. Ich selbst gehe mit Speer und Schleuder weiter in die Steppe hinaus nach vorn!"
„Und ich?" fragt Ruwo.
„Du gehst zum Vater und meldest ihm, dass sie um Mitternacht treiben sollen. Bis dann sind wir gerüstet!"
„Harrar, lass mich bei dir! Ich will ja gewiss..."
„Frage Howah!"
„Ich will ihm die Freude lassen" erklärt dieser, „auf seine eigene Verantwortung hin!"
„Die will ich gerne übernehmen!" jubelt Ruwo.
„An die Arbeit!"
Mit Holzspaten und Elchschaufeln geht man an die Neuausgrabung der gewaltigen Grube. Alle arbeiten im Schweiße des Angesichts bis gegen Abend ohne jegliche Speise. Die Jägerehre verlangt, dass bei einer Mammutjagd nur vom erlegten Tier geschmaust wird, aber wie! Zudem verlangen die hohen Anforderungen dieser ‘Königsjagd‘ eine Gewandtheit, wie sie nur ein nüchterner Körper zu leisten imstande ist. Rings um die Grube werden dicke Pfähle in die Erde getrieben und daran die Legeschlingen befestigt. Das ganze wird ‘abgedeckt‘. Howah nimmt seine Waffen und geht. Die anderen drei legen sich unterdessen auf die Lauer und beobachten die ahnungslosen Ungetüme, bis die Dämmerung sie ihren Blicken verhüllt. Harrar steht auf und befestigt einen Wurflasso unten am Stamm der Birke.
„Wie wär's. Harrar," fragt Ruwo mit einem Freudensprung „wenn ich die Schlinge von oben aus der Baumkrone des Baumes werfen würde?"
„Hast du Angst?"
„Ich und Angst? Wenn du willst, so biete ich dem ‘Alten' eine Moorrübe an, wenn er kommt!"
„Steig' mal hinauf!"
Eins … zwei ist Ruwo oben, wo sich der Stamm in zwei mächtige Äste teilt.
„Schau' hier, nach beiden Seiten hab' ich Raum zum Werfen… hier… hier! Dazu fliegt die Schlinge von hier aus höher und weiter!"

Du magst Recht haben! Siehst du gut?"

„Ausgezeichnet! Der Mond kommt ja noch, heute Nacht, nicht?"

„Ja!"

„Werdet ihr ein Feuer anreiben?"

„Wo denkst du hin! Damit er sich etwa daran wärmen kann? Komm', wir wollen eine kleine Stunde ruhen!"

Ruwo steigt nieder, und die Dei sitzen flüsternd zusammen. Feierlich steigt der Mond empor und übergießt die buschige Steppe mit seinem düsteren Licht. Nach einer Weile des Ausruhens schaut Harrar auf den Stand der Sterne.

„Auf die Posten! Ruwo, steig' empor!"

Er ist schon oben.

„Wirf mir die Schlinge zu, Harrar!"

„Da! Eins zwei! Halte dich wacker! Wenn sie auf die Grube zu gehen, so quakst du, und wenn sie auf mich zu wollen, so..."

„kläfft die Hyäne!"

„Gut!"

„Wenn sie nicht kommen, Harrar?"

„Dann meckerst du wie Ruwo von Hador! Nicht zu früh! Sie kommen sicher!"

„Ich passe auf wie ein Luchs!"

„Sei bloß schön still. Wenn er dich hört und sieht, holt er dich mit dem Rüssel herunter wie eine Blattlaus!"

„Pah! Wenn er nur bald anrückt, der Braten. Ich habe Hunger wie der alte Rahu!"

Als Harrar seinen Außenposten bezogen hat, vollführt der 'Kleine' einen Geniestreich. Er legt die Wurfschlinge über einen Ast und steigt herunter. Er löst das Riemenende vom Stamm, klettert damit wieder hinauf und befestigt dasselbe an einem der großen Gabeläste.

„So", spricht er zu sich selber „so wird die Schlinge noch weiter reichen, wenn es nötig ist!"

„Was tust du?" ruft Harrar herüber. Seinem scharfen Ohr war das Geräusch nicht entgangen.

„Ich... ich wollte nachschauen, ob der Riemen fest hält!"

„Das hab' ich selbst besorgt, Kleiner!"

„Sicher ist sicher!"
Wieder eine bange Stille. Ruwo hat Fieber.
„Harrar!"
„Ja?"
„Welchen nehmen wir?"
„Wenn möglich den Obersänger, sonst aber..."
„Wird er singen?"
„Dass du vom Baum fällst!"
„Ich werde ihm den Rüssel zuschnüren!"
„Wenn er ihn streckt, was er auf der Flucht tut, sonst wirfst du auf einen Stoßzahn oder um ein Bein, aber berechne gut, sonst ist alles ... horch! Siehst du nichts!"
„Nein doch!... Jetzt! Dort, ein Licht, ganz in der Ferne... zwei... und dort wieder eins... Hurra, Harrar! Laladiho! Dort kommen unsere Leute!"
"Bist du wahnsinnig? Still, oder ich lasse meine Schleuder spielen... augenblicklich!"
„Harrar...! Nur ein Wort...! Ein einziges!"
„Was denn? Schnell!"
„Harrar! Ich will nicht in den Jagdhimmel!"
„Warum nicht, du Nashorn?"
„Weil ich lieber hier oben bleibe!"
„Gut! So bleib' nur... aber beim nächsten Wort surrt's!"
Harrar hat in der Rechten die geladene Schleuder, in der Linken die Wurfstange, und den armdicken Speer leicht neben sich in die Erde gesteckt. Was will er mit der Schleuder? Etwa den Bergkoloß von einem Mammut töten? Ausgeschlossen! Ihn damit reizen oder ablenken wird er schon, Harrars Schleuderstein durchschlägt auch die daumendicke Haut eines Mammuts und bleibt stecken, wenn er nicht auf den Knochen schlägt. Jetzt hat er einen Schuß geladen. Wie lauschend hält er seinen Kopf vorgestreckt. Die Lichter kommen merklich näher, verschwinden und tauchen wieder auf. Schon hört er aus der Ferne den dumpfen Ton eines Urhorns. Er legt sich nieder, drückt das Ohr an die Erde und springt sofort wieder auf. Sie kommen!
„Harrar! Harrar!"

„Der Satan striegle dich... noch ein Wort!... Dort!... Achtung!"
Der Boden scheint zu zittern wie ein unterirdisches Rollen kommt etwas näher... Ah! Dort scheint ein dunkler Wald in Bewegung zu sein. Harrar kann die Kolosse unterscheiden. Voran plumpt ein Riese von geradezu erdrückender Gewalt und Kraft. Mit hochgeschwungenem Rüssel stößt er über die dunklen Büsche dahin. Plötzlich machen alle wie auf Kommando halt, links um, und 'rüsseln' nach den verdächtigen Lichtern hin, man hört ihr warnendes Schnaufen. Ein Hornstoß. Ein Johlen und Lenken der Verfolger. Bums! Rrrumm! Sie wenden und nehmen scharfen Trott auf die lauernden Jäger zu. Harrar möchte jubeln. Der Fürst der Herde spreizt seine Säulen auf die Birke zu, wo Ruwo mit der Schlinge lauert. Schneeweiß glänzen die gewaltig aufgeschwungenen Stoßzähne, sein Rüssel stößt wie ein halbgefallener Baumstrunk in die Nacht hinaus. Da jubelt ein anderer:
„Teufel, ist das ein Schoßkind! Ich glaube, er hat noch andere Mammute verschluckt!"
Da stutzt der Gewaltige und schnauft mit seinem Rüssel gegen die Birke hinauf wie ein Bube nach einem Vogelnest. Er ist an Harrar vorbei. Zwanzig Mannslängen hinter dem gewaltigen Führer stocken die anderen Tiere. Harrar springt auf und brüllt wie ein angeschossener Bison. Der Fleischkoloss macht einen überraschten Seitensprung und... rast kaum sechs Mannslängen von der Birke entfernt... Jetzt... muss... die Schlinge... Harrar atmet nicht... Jetzt!... Ssssst!... Sie ist gefallen! Da, ein Ton, dass die Luft der Steppe erzittert... die Birke neigt sich! Ein Krach!... Sie schnellt zurück... Harrar sieht vom Geäst aus einen Körper durch die Luft wirbeln. Der Riesenelefant reißt einen halben Baum nach. Dies scheint ihn zu behindern, der Baum gerät oft unter seine Füße... Harrar fliegt dem fliehenden Tier wie ein Pfeil nach... er wird es nie erreichen. Da brüllt der Koloß auf wie eine stürzende Lawine. Tujohs Schleuderstein muss ihn getroffen haben und zwar gut. Der Rasende springt seitwärts. Harrar sieht keine zwei Mannslängen vor dem Untier eine Gestalt fliehen... Tujoh...! Da gilt kein Zögern...! Die Schleuder los!
„Schrrr... pätsch!"
Das Mammut taumelt zurück... der Stein muss die Ohrgegend getroffen haben... ein Wutgestöhn wie der Lößsturm über einen Gletscherschlund.

Jetzt muss Harrar um sein Leben rennen. Er weiß es. Das rasende Tier hat den neuen Feind entdeckt und greift ihn mit stöhnender Wut an. Fort!

Auf die Grube zu! Die Herde ist ausgebrochen, die Feuerjäger brüllen heran. Harrar fühlt und hört nichts mehr. Hinter ihm pustet ein Ungeheuer... dort die Grube... noch fünf Mannslängen hinter sich ein naßwarmer Atem... Morast fletscht ihm an den Rücken. Ein Angstruf! Jetzt ein scharfer Bogen... die Grube! Ein Fall wie der Fall einer tausendjährigen Eiche.

Harrar ist gerettet.

Wie gelähmt fällt er nieder und laut geht sein stöhnender Atem. Rings um ihn ist ein Keuchen und Schnauben, ein Rufen und Brüllen und Jubeln. Über seine Augen legt sich ein Nebel und in seinen Ohren saust der Lößsturm. Der Lärm tönt ferner und ferner... da erhält er wie mit einer Rute einen Schlag ins Gesicht... er schreckt wie im Traum auf. Vor ihm scheint ein Ungeheuer dem Erdinneren entsteigen zu wollen, ein Ungeheuer mit hochaufgeschwungenen Riesenzähnen und einem über mannsdicken Rüssel, und an diesem Rüssel baumelt ein Ast wie ein halber Baum! Plötzlich fühlt sich Harrar zurückgerissen: „Fort... er erschlägt dich!"

Allmählich wird ihm klar. In der Grube liegt das Mammut, vor dem er geflohen ist! Seine Ohnmacht scheint zu weichen. Jener gewaltige Ast, den der Riese wie eine Mistel zusammenschlägt, war an einer Birke angewachsen. Wie ein Lichtschein geht das Erlebte an seinem Geist vorüber. Um ihn stehen tätowierte, muskulöse Gestalten mit brennenden Fackeln.

„Bist du verletzt?" fragt der Älteste.

„Nein! Wo ist Ruwo?"

„Ruwo? Er war bei dir! Ja, wo ist er...? Wo ist Ruwo?"

Alle Müdigkeit ist von Harrar gewichen! Wo ist Ruwo? Ihm kommt ein Gedanke. Er entreißt dem Nächsten die Fackel.

„Folgt mir!" ruft er hastig, geht ihnen voran auf die Birke zu und beleuchtet den Boden… Nichts! Er leuchtet in die Krone hinauf. Der eine Hauptast ist weggerissen und… Ruwo ist weg!

„Ruwo...! Ruwo!" ruft er in die Nacht hinaus.

Horch! Etwa sieben Mannslängen vom Baum entfernt antwortet ein Stöhnen.

„Dort im Gebüsch war's!"

Harrar leuchtet hinein. Da liegt Ruwo wie ein schluckender Fisch auf dem Trockenen. Aus Mund und Nase dringt Blut.

„Gebrochen ist nichts, aber vielleicht eine innere Blutung."

„Wie geht es dir?" fragt sein Bruder.

„Mir ist… besser Wawasser!" lallt der Patient. Man reicht ihm zu trinken. Er erholt sich sichtlich.

„Hast du innerlich Schmerz?"

„Nein… im… Genick und im… Becken!"

„Bettet ihn weich!" befiehlt der Alte. „Wir können ihn nachher näher untersuchen. Lebensgefährliche Verletzungen sind nicht vorhanden. Wie kam das nur?"

„Ich kann es nicht genau sagen" entgegnet Harrar „wir müssen ihn selber sprechen lassen."

„Dann los! Speere hoch! Aufgepasst!"

Das Mammut macht immer noch rasende Anstrengungen, um sich aus seiner Stellung zu befreien. Es scheint in eine Schlinge geraten zu sein und zugleich etwas gebrochen zu haben, was bei seinem Kolossalgewicht leicht zu befürchten, d.h. zu hoffen war! Mit dem Rüssel schlägt es den Boden zu einer Tenne, schnaubt, stöhnt und brüllt, dass ihm der Schaum wie milchweissen Flaumwölklein vom Maul fliegt.

„Wer hat den ersten Schuß?" fragt Ahar.

„Harrar!" ruft Tujoh.

Harrar legt den Speer auf die Wurfstange und nimmt fünf Schritte Abstand. Ein Lanzenstoß wäre des zwei Mann langen Rüssels wegen lebensgefährlich. Harrar wirft... ein Schwirren... ein stöhnendes Aufbrüllen der ganze Körper bäumt sich vor Schmerz auf. Ein Lanzenschuß, von Harrars Arm geschleudert, geht noch nicht ans Leben. Das getroffene Tier bricht mit dem Rüssel den steckenden Lanzenschaft weg wie einen Halm. Die Spitze bleibt im Fleisch stecken. Andere treten an und versuchen ihre Kunst. Mit dem gleichen Erfolg! Da fällen sie ein fünf Mann langes Lärchenstämmchen und fügen in sein dünneres Ende eine Spitze aus Elfenbein. Vier Mann treten an und bohren den Baum dem Tier im Anlauf hinter dem rechten Schulterblatt in die Seite. Es krümmt sich vor Schmerz und bricht den Schaft weg, die Spitze sitzt in der Lunge. Sein Schaum wird rot, seine Atemstöße stockender. Gegen Morgen liegt er still. Die ganze Nacht brauchten die Jäger, um den Koloß zu töten! Der alte Ahar zieht eine scharfe Steinklinge und macht unter dem Ohr des toten Tieres einen handlangen Schnitt, nimmt seinen Speer und sucht die Schlagader... auf einmal spritzt ihm ein schwarzer Blutstrom ins Gesicht. Die Jäger jubeln, tanzen wie toll und trinken das Blut des gefallenen Riesen und versprechen sich davon dessen Kraft und langes Leben. Mit den Fackeln haben sie ein gewaltiges Bratfeuer hochgeschürt. Man schmaust bis gegen Mittag. Dann geht's an die Loslösung der Haut und der Stoßzähne! Bis am Abend ist einer dieser Riesenhauer losgemacht, und etwa ein Viertel der Haut ist vom Fleisch abgetrennt. Nun werden Stücke herausgeschnitten und in Räucherstellung gebracht. Die frühherbstliche Tageshitze würde einen Transport von Frischfleisch nicht gestatten. Die besten Teile werden losgelöst und von der Haut wird man nur jenen Teil erhalten, der an der Oberfläche liegt. Den Hauptanteil an der Beute erhalten die kläffenden Räuber der Nacht, die Hyänen! Ums nächtliche Lagerfeuer schmausen die wildbemalten Gestalten. Ruwo ist herbeigeschleppt worden und er vertilgt Stücke wie ein junger Höhlenbär. Längst sind die Jäger gespannt auf die Erklärung seines jetzigen Zustandes. Schließlich fragt der Vater:

„Ruwo, wie ist dir?"

„Ziemlich gut nur das rechte Bein ist lahm."

„Wie kam das? Hat sich beim Wurf die Schlinge in den Ast verfangen, dass er losgetrennt wurde?"

„Ja... sie hat sich... verfangen!"

Da fragt Harrar erstaunt:

„Wie kommt es, dass der Laufriemen jetzt noch am losgerissenen Ast befestigt ist? Ich hatte ihn doch um den Stamm dicht über den Boden gelegt!"
„Er muss... hinaufgerutscht sein!"
„Dann müßte nicht nur der eine Ast mitgegangen sein! Das ist mir ein Rätsel!"
„Mir auch!"
„Soll ich's lösen, Ruwo?"
„Ich bin gespannt!" höhnt Ruwo.
„Die Lösung des Rätsels besteht in einer... 'Lösung'! Du hast die Schlinge vom Stamm gelöst! Und um den Ast geschlungen! Das fliehende Mammut hat den Baum an dem gestrafften Drehriemen erst niedergezogen. Der Ast krachte los... Der Baum schnellt zurück!"
„Harrar, ich muss dir etwas sagen!"
„Nun?"
„Du bist der findigste Jäger der Tundra und Steppe!"
„Ruwo?" fragt der Alte mit nachdrücklicher Stimme „Ist es nicht so, wie Harrar erklärt? Ja oder nein?"
„Ja, Vater!"
„Weißt du, dass du durch dein Meisterstück das Leben der anderen in Gefahr gebracht hast?"
„Ja, Vater!" kommt es kleinlaut von den Lippen Ruwos.
„Du kannst froh sein, dass mir der Ast eine Arbeit erspart hat... was deine Kinnlade betrifft! Was die andere Gegend betrifft... warum sitzst du so schief?"
„Es tut mir weh, Vater!"
„Das soll dir andeuten, wo du deinen Verstand gehabt hast. Nimm es dir zu Herzen!"
Der 'Kleine' ist noch 'kleiner' geworden!
„Tröste dich, Ruwo!" lässt sich der gute Harrar vernehmen. „Dein Geniestreich hat mir zweifellos das Leben gerettet!"
„Jetzt kommst du auch noch!"
„Im Ernst! Das Mammut hätte mich sicher erreicht, wenn es nicht auf den Ast getreten und so behindert worden wäre!"

„Was die Weisheit der Alten in einem Jahr nicht fertig bringt, erreicht oft die Dummheit eines Jungen über Nacht!" brummt der Alte in seinen Bart.

„Kannst du gehen?" erkundigt sich Harrar teilnahmsvoll.

„Warte einmal... nein, es geht nicht!"

„Wir werden ihn heimtragen müssen!" knurrt Ahar. „Eigentlich sollten wir ihn den Weg auf einem Bein zurückhopsen lassen!"

„Ich mache ihm eine Krücke!" erklärt Harrar.

„Gut! Damit kann er in Hador seinen feierlichen Einzug halten. Ich werde ihm die Festrede halten!"

„Da kommt mir ein anderer Gedanke, Vater!" meint Harrar.

„Du meinst?"

„Wäre es nicht näher nach Arah? Ich würde mit ihm gehen und mich nach Owinar und dessen Erlebnissen erkundigen können."

„Wie du meinst, Harrar. Nach Arah ist's von hier aus nur halb so weit wie nach Hador!"

„Wann wollt ihr gehen, Harrar?"

„Wenn du nichts dagegen hast, gleich jetzt!"

„Gut, wir beiben drei Tage hier, wenn du wieder zu uns stoßen willst. Mache dem 'Kleinen' sein Hinkebaum. Nimm ihm vorher mit einer Weidenrute das Maß."

Die Gabelkrücke ist bald fertig. Vor Morgengrauen brechen die zwei auf... nach Arah. Der Weg ist beschwerlich und für Ruwo nicht ohne empfindliche Schmerzen. Gegen Abend sind die beiden bei der Höhle von Arah. Sie müssen zuerst durch den Fluss um die Höhle zu erreichen. Am jenseitigen Ufer sitzt ein älterer Mann auf einem Granitstein und starrt düster in die Flut. Howe, der Vater Owinars, der Todfeind Rahus.

„Die Gottheit des Lebens leite Howe auf die Pfade des Glücks." grüßt Harrar.

„Ist der Fremdling von Hador willkommen?"

„Von Hador kommt nur Segen und Glück. Hier herrschen die Gottheit des Todes und die Geister der Nacht. Du sollst willkommen sein!"

„Mein Vater Ahar, sendet dir seine Freundschaft. Doch Vater Howe, aus deinen Augen leuchtet nicht das Licht des Tages, deine Stirn gleicht der düsteren Tundra. Darf der Sohn Ahars nach deinem Schmerz fragen?"

„Harrar frage, Howe wird antworten!"

„Wo ist Owinar?"

„Harrar hat meine Wunde gefunden! Owinar ist fort!"

„Wohin?"

„Ich weiß es nicht!"

„Wann kehrt er wieder?"

„Nie!"

„Howe! Du sagst ein dunkles Wort! Warum hat er euch verlassen?"

„Er hat uns nicht verlassen. Ich habe ihn... fortgejagt!"

„Howe, Owinar ist keiner Missetat fähig!"

„Das hätte ich wissen sollen, ich, sein Vater!"

„Du hast es nicht geglaubt?"

„Immer hab' ich's geglaubt, immer... nur nicht, als ich ihn ins Gesicht schlug und aus meiner Familie verfluchte!"

„Weshalb, Howe? Da muss ein furchtbarer Irrtum gewaltet haben!"

„Nein, kein Irrtum! Eine hündische Verleumdung, eine giftige Lüge! Du hast mein zweites Weib gekannt, die... sage du ihren Namen!"

„Wionah! Wo ist sie, dass ich sie begrüße?"

„Grüße diesen Fluß. Er führt ihre Leiche!"

„Ertrunken?"

„Nein. Sie trägt den Dolch in der Brust!"

„Getötet! Wer ist ihr Mörder?"

„Howe von Arah!"

„Du... du... Howe! Furchtbares muss sich ereignet haben... erzähle mir!"

„Das ist kurz. Mein Weib entbrannte für Owinar. Er verachtete sie. Aus Rache dafür erzählte sie mir, dass Owinar nach ihrer Ehre trachtet. Ich verfluchte meinen Sohn und am folgenden Tag kam die Wahrheit an den Tag. Das Weib kann nicht schweigen! Wionah hatte sich ihrer Freundin anvertraut, und diese... konnte auch nicht schweigen. Da ist mein Weib unter meiner Hand zusammengesunken!"

„Wann war das?"

„Heute sind es sechs... nein, sieben Tage!"

„Sieben Tage! Ah, nun begreife ich!"

„Was begreift Harrar?"

„Den geheimen Schmerz Owinars!"

Der Alte schnellt empor: „Du hast ihn getroffen!"
„Im Felsen von Chohor!"
„Von Chohor! Bei meinem Todfeind!"
„Er kam dorthin, weil Ahour in jener Nacht jagte. Am folgenden Tag ging er wieder, um nie mehr dorthin zurückzukehren!"
„Harrar, erzähle mir!"
Harrar erzählt, sagt aber nichts von seiner Liebe zu Raha.
„Sagt Harrar die Wahrheit?" keucht der Alte.
„Hier ist sein Dolch, den er mir beim Abschied schenkte!"
„Zeig her! Ja, das ist Owinars Waffe! Du musst ihm teuer sein, Harrar. Diesen Dolch würde er kaum seinem Vater geschenkt haben!" erklärt er mit einem halb mißtrauischen Blick.
Harrar bemerkt diesen Blick nicht.
„Umso höher halte ich sein Andenken in Ehren!"
„Dieser Dolch... dieser Dolch! Seine Seele hing daran. Drei Wintermonate hat er daran geschnitzt. Wo mag... er jetzt sein?"
„Ich weiß es nicht... wenn er nur..."
„Harrar! Was willst du sagen?" schreit der Alte auf.
„Ich fürchte, dass Rahu und sein Sohn nicht nur wegen der Biberfallen fort sind!"
„Wenn sie ihm ein Auge berührt haben, die Hunde, so will ich nicht sterben, bis ihre Kerben auf meinem Griff stehen. Das schwöre ich beim Grab der Blume von Ulianti!"
„Howe, ich gehe nach Chohor! Von Raha und den anderen hoffe ich zu erfahren, was mit Owinar geschehen ist. Verpflege meinen Bruder, der auf der Mammutjagd zu... kühn gewesen ist!"
„Meine Jüngste, Howelin, soll ihn pflegen! Kommt, nehmt einen Imbiß und schlaft einmal über eure Strapazen!"
„Essen und trinken werde ich", entgegnet Harrar und schreitet auf die Höhle zu... „schlafen werde ich erst in Chohor!"
Stumm drückt Howe dem tapferen Jäger von Hador die Hand.
„Das ist die Sprache von Hador! Harrar wird mir Kunde bringen... kommt!"
Ein junges Mädchen zieht mit stillem Gruß den schweren Fellvorhang zur Seite. Harrar lächelt ihr wohlwollend zu. Weiß er doch genau, dass sie schon

lange zwischen den Lücken herausgeguckt hat. Ruwo, der 'Kleine' ist ein flotter Bursche. Er ist Harrars mädchenhaftes Ebenbild!

Ruwo lässt sich auf den fellbedeckten Boden nieder. Er ist blaß. Die Reise hat ihn mitgenommen.

„Howelin!" ruft der Alte. „Hole den Gästen von deinem Besten!"

„Ja, Vater!"

Bald kommt sie auf unhörbaren Sohlen und bietet Harrar auf einer Elchschaufel sauberes Wildfleisch. Sie wendet sich zum Patienten und kniet bescheiden vor ihm nieder. Ihre Augen sind so still und sanft wie die Sterne der verwundeten Antilope. Sie bedient Ruwo, ohne ein Wort zu sagen und der Schwerenöter ißt langsam und mit leidendem Gesicht, um die Teilnahme des schönen Mädchens zu wecken. Dies scheint dem Schlingel auch gelungen zu sein. Als er gegessen hat, fragt sie mit der Unschuld eines lieben Kindes:

„Du bist verunglückt?"

„Ein wenig… auf der Mammutjagd!"

„Du warst wohl zu kühn?"

„Pah!" macht er gleichgültig „Ein Jäger, der den Tod fürchtet, soll seine Großmutter spazieren führen! Ich habe die Hauptschlinge geworfen, und da hat mich der alte Koloß ein bißchen geschüttelt, aber nicht lange!"

„Hast du etwas gebrochen?"

„Hm... mehr ausgerenkt, verstreckt, gequetscht, vielleicht etwas gebrochen... pah! Was liegt daran!"

„Das könnte böse Folgen haben, Ruwo. Wo ist's? Ich will mal nachsehen!"

Der kleine Dickmacher wird rot wie eine Vogelbeere.

„Es ist... nicht der Rede wert, Howelin! Mach dir keine Mühe!"

„Es ist sicher nicht so harmlos, Ruwo. Ich hab's dir angesehen, wie du kamst. Du warst ganz blaß! Es ist ja schön, wenn ein Jäger die Schmerzen unterdrückt, aber sie verheimlichen und nicht beachten, kann fürs Leben verhängnisvoll werden!"

„Wegen einer kleinen Verrenkung stirbt man nicht!"

„Du hast mit dem rechten Fuß gehinkt, Ruwo. Hast du das Knie verletzt?"

„Nein, Howelin, nur den... den Fuß verstaucht, bis morgen werde ich nichts mehr spüren!" lügt Ruwo.

Die pflichteifrige Howelin schnürt dem Jäger die Dickhautsohle von Nashornleder ab und fasst das Fußgelenk mit Kennerblick an. Ruwo zuckt mit keiner Wimper. Harrar hätte sich beinahe an einem Bissen Lende verschluckt. Howelin blickt betroffen auf den Fuß.

„Keine Geschwulst keine Rötung, kein unterlaufenes Blut und... wie's scheint, kein Schmerz!"

Es fällt dem 'Verunglückten' ein, dass er vergessen hat, beim Griff Howelins zu zucken oder wenigstens mannhaft den Schmerz zu verbeissen!

„Es ist nicht der Rede wert, Howelin! Mach dir keine Mühe!"

„Warum warst du denn so leidend, als du kamst? Vielleicht eine innere Verletzung?" Harrar löst den Knoten.

„...mehr eine hintere Verletzung, Howelin! Sein Sitzbein ist etwas angestrengt!" Die hübsche Tochter des Urjägers fällt keineswegs in Ohnmacht.

„Ruhige Erholung und fleißige Gelenkbewegung!" verordnet sie ohne die geringste Verlegenheit.

Harrar hat eine Stunde geruht, nun steht er wieder auf.

„Willst du nicht warten und bis morgen ruhen?" fragt Howe.

„Bis mir das Schicksal meines Freundes bekannt ist, wird meine Seele nicht zur Ruhe kommen!"

„Wirst du die 'Zunge des bösen Weibes' umgehen?"

„Nein! Die Lichter des Himmels werden mir leuchten!"

„Dann mit Glück und Erfolg, Harrar! Ich zähle die Pulse meines Herzens, bis du wieder kommst. Ich würde dich begleiten, aber in Chohor würde Blut fließen und... Harrar allein erreicht mehr, besonders wenn er verschweigt, dass er mir einen Dienst erweist!"

„Sei unbesorgt... Wartest du auf mich, Ruwo?"

„Unbedingt!"

„Dann lebe wohl!"

„Heil deinem Weg, Harrar!"

In die Nacht hinein, allein und... im Gebiet des jagenden Ahour, des Unheimlichen! Der Urjäger von Hador denkt nicht an die Schrecken der Nacht für die Fährnisse des Weges hat er seine Falkenaugen und den Satan der Steppe würden seine fein ausgebildeten Sinne irgendwie fühlen. Rüstig wie am Tag schreitet er voran. Vor Morgen erreicht er die Eisberge der 'Zunge des bösen Weibes'. Wie die Felstrümmer geborstener Berge starren ihn die wilden Wände an, weiß, grün, oft mit Schutt bedeckt und durchsetzt. Dann steht Harrar auf der Höhe der Wölbung… die weitaus gefährlichste Stelle. Über eine steile Eiswand geht es jetzt, wo jedes Ausgleiten den sicheren Tod bedeutet. Oft muss er mit einem mitgebrachten Trümmerkiesel die wieder ausgeschmolzenen Stufen erneuern. Unter ihm liegen die gewaltigen Abgründe wie gähnende Ungeheuer.

Mit beklommenem Herzen blickt Harrar zu den furchtbaren Schlünden, die so manches Geheimnis bergen! Wenn sie erzählen könnten! Auf einmal zuckt der Jäger zusammen! Von jener Gletscherspalte ist eine Hyäne aufgesprungen und davongejagt! Hat sie… Aas gerochen? Harrar stutzt einen Augenblick! Die Spalte ist unerreichbar und bergtief. Wer dort unten liegt… Der Jäger schreitet mit krampfhafter Last weiter. Wenn er jetzt ausrutschen würde, würde er dort hinuntergleiten. Er muss an jene Lößsturmnacht denken. „Owinar!" ruft er laut über die Abgründe hin, wie von ahnungsvollem Schmerz überwältigt. Ein dumpfes Echo antwortet ihm, in den dunklen Abgründen hohl verklingend. Wie er den jenseitigen Gletscherrand erreicht, atmet er auf wie vom Bann eines dämonischen Wesens befreit. Im Jagdflug fegt er über den schmalen Tundragürtel, der allmählich anhebenden Steppe zu. Von weitem sieht er am Felsen von Chohor eine Gestalt. Den Ellenbogen auf eine Steinnase gestützt, schaut sie regungslos in die Ferne, wo der Gletscher glüht. Wie sie seiner ansichtig wird, beschattet sie ihre Augen und sinkt in die vorige Stellung zurück. Über Harrar kommt ein schmerzlichgrimmiges Weh. Sie hat nicht nach ihm ausgeschaut! Er überwindet sich mit aller Energie, um leidenschaftslos und gleichmütig erscheinen zu können.

„Heil von Hador! Ist Rahu, der große Jäger, daheim?"
„Sie sind eben von der Jagd gekommen!" erwidert sie, ohne ihren Blick von einem fernen Ziel abzuwenden.
„Erwartet ihr Gäste?"
„Nein! Warum fragt Harrar?"
„Ich glaube nicht, dass Raha nach den Krähen ausschaut!"
„Ich suche den Falken, der zur Gletscherzunge hin verschwand. Hat Harrar ihn nicht gesehen?"
„Einen Falken?"
„Den Falken von Arah, der über Chohor schwebte!"
„Raha...! War er nicht hier, seit jener Nacht, der Künstler von Arah?"
„Nein...! Er kommt nicht mehr!"
„Warum nicht, Raha?"
„Rahu weiß es! Frage ihn. Er ist drinnen!"
„Ich werde ihn fragen!"
Harrar tritt ein. Wie er sich umblickt, sieht er, dass Raha ihm folgt. Sie setzt sich wortlos nieder und starrt wie träumend auf das weidende Rentier ihres Lassogriffes. Rahu erhebt sich von seinem Stein.
„Harrar von Hador, was willst du?"
„Gruß dem großen Jäger von Chohor! Ich suche Owinar, den Künstler von Arah. Er ist nicht heimgekehrt! Wo ist er?"
Heimlich drückt sich das Auge Rahus zusammen.
„Wie soll... ich das wissen? Er folgte... dir und nicht mir!"
„Rahu hat keine Nachricht von ihm?"
„Nein!"
„Hat ihn Rahu nicht gesehen oder getroffen, als er seinen Sohn Tarahu suchte?"
Rahu scheint etwas einzuknicken. Zur höchsten Überraschung antwortet er:
„Ich habe keinen von beiden gesehen!"
Harrar traut seinen Ohren nicht.
„Nicht zurückgekehrt? Tarahu?"
„Ich... glaube oh, Harrar..."
Der Alte spricht wie in Todesröcheln.
„Was glaubt Rahu?"

„Ahour… Oh Harrar… der Satan der Steppe hat ihn zerrissen!"
„Warum glaubt Rahu das?"
„Weil Tarahu vom Sieg über Ahour geträumt hat! Seine Kühnheit hat ihn
verleitet, der Fährte Ahours zu folgen!"
„Wurde er gesehen?"
„Der Wanderfalke und die Hyäne haben es gesehen, wie mein kleiner Held in
den Tod sank!"
Wahrhaftig, der alte Höhlenbär weint! Wie muss er ihn geliebt haben, seinen
Sohn, den tollverwegenen Tarahu.
„Vielleicht lebt er noch!" versucht Harrar zu trösten.
Raha hebt ihren Lockenkopf.
„Er ist vielleicht nach Ulianti gegangen, zu jener Hexe, welche ihn
eingefangen hat!"
„Nein! Ich hab' es ihm verboten, jenes Nest der Eulen aufzusuchen!"
„Deshalb ist er heimlich gegangen und ohne Abschied!"
„Prügel bekommt er, der Lausbub, wenn er heimkommt! Mit einem… aber
nein, er ist tot! Er wollte ja… etwas… anderes… tot ist er, gefallen in dunkler
Nacht, allein und ohne Hilfe, mein Herzblut, mein Auge, die Freude meiner
Seele! Tot ist er! Er muss tot sein. Er wollte ja…"
„Die Biberfallen holen, nicht…?"
„Ja… ja, die Biberfallen holen! Sie sind noch dort, jetzt noch!"
„Dann ist er nach Ulianti!" erklärt Raha.
„Tot ist er, sag' ich!"
„Nach Ulianti!"
„Noch ein Wort! Bring dem Gast und mir etwas zu essen! Was muss Harrar
von der Gastfreundschaft derer von Chohor denken!"
„Recht! Daran hab' ich nicht gedacht… verzeih', Harrar! Ich habe zuviel an…
an… meinen Bruder gedacht!"
„Oder an den Schnitzkünstler von Arah!" knurrt der Alte höhnisch! „Ich weiß
nicht, ob der dein Bild noch schnitzen wird!"
„Warum, Vater?"
„Ich glaube, Ahour hat an einem Opfer nicht genug gehabt!"
Der Jäger steht nachdenkend da. Es ist ihm unmöglich, die Ereignisse jener
Nacht zusammenzureimen! Ob der alte Rahu nicht mehr weiß? Und Raha?

Die nicht. Owinar hat sie verzaubert, und der andere ist ja ihr Bruder! Sie kommt mit einer geräucherten Bisonzunge. Die Kinnladen des Alten arbeiten, als ob er seine Zähne wetzen wollte. Raha will zuerst dem Alten vorlegen, dieser packt die Zunge mit seiner gewaltigen Pratze und fährt damit zum Mund.

„Bringe dem Harrar auch etwas!" fletscht er zwischen den Zähnen hervor. Raha geht und holt für den Gast einen Rehschenkel. Als sie ihm diesen vorlegt, zieht Harrar seinen Dolch, das Andenken Owinars. Raha wirft einen Blick darauf. Der herrliche Dolch Owinars! Sie blickt erst verständnislos auf das Schmuckstück aus Mammutelfenbein, dann starrt sie hin. Harrar sieht nicht die Kalkblässe ihres Gesichtes, das Wogen ihrer Brust, das Zucken ihrer Lippen. Sie muss sich fassen, um ruhig fragen zu können:

„Harrar, was ist das für ein Dolch?"

„Ich habe ihn von Owinar!" erklärt er.

„Von... Owinar?"

Unter dem Ton dieser Stimme blickt Harrar auf. Er schaut in zwei Augen des Grauens. So müssen Ahours Lichter glühen... vor dem Sprung. Er weiß sich diesen Blick nicht zu deuten, aber eines fühlt er in diesem Augenblick. In diesen Augen liegt mehr als Sehnsucht und Liebesgram!

„Ich erhielt den Dolch als Andenken!"

„Wann?"

„Am Tag vor der letzten Lößsturmnacht!"

„Als ihr hier wart?"

„Ja, er holte mich ein!"

„Ein solches Stück verschenkt man nicht! Du musst ihm einen großen Dienst erwiesen haben!"

„Nein, im Gegenteil... er hat mir einen Dienst erwiesen!"

„Er dir einen Dienst? Und für den Dienst, den er dir erwiesen hat, schenkt er dir den berühmten Dolch? Harrar, das scheint mir sehr... sehr zweifelhaft zu sein!"

Harrar wird verlegen. Sollte er ihr die ganze Situation erklären? Sollte er ihr erzählen, wie er unglücklich war, wie Owinar seinen Verzicht auf Raha aussprach? Er bringt es nicht über seine Lippen. Er schweigt! Hätte er gesprochen! Das Grauen des schleichenden Todes, der Schrecken eines langen… Sterbens wäre ihm erspart geblieben! Raha wartet auf Antwort. Sie hat seine Verlegenheit bemerkt und... deutet sie nach ihrer Weise! Langsam geht sie zur Seite und setzt sich nieder. Lange stiert sie vor sich hin, die Fäuste an die Wangen gepreßt. Heiß zuckt ihr Blut zu den Schläfen hin, ihr mächtiges Haar fällt wild über ihre Stirn. Owinars Dolch! Wie kam er in seine Hände? Blass vor Eifersucht hatte damals der Jäger von Hador dagesessen, bebend vor Wut ging er fort, Owinar verschwand in jener Nacht und Harrar besitzt seinen Dolch! Das ist kein Andenken! Das ist ein Beutestück! Wie entgeistert starrt sie auf das Bild des Höhlenlöwen an der Wand. Kopf, Hals und Vorderbeine sind fertig. Wie wuchtig, gierend... man hat das Gefühl, als ob das Tier weiterschleichen wollte, aus der Wand heraus, doch nie, nie wird das Bild vollendet werden. Der Mann, der es mit zeugender Hand in den Felsen gerissen, ist tot, und dort sitzt... sein Mörder!

„Owinar!" kommt es bebend, sehnend von ihren Lippen. Sie schreckt auf. Sie hat wirklich gerufen!

„Harrar! Zeig' mir den herrlichen Dolch!"

Harrar blickt auf. Sein feines Jägerohr hat ihre Stimme leise beben gehört.

„Wozu, Raha?"

„Ich habe ihn nie aus der Nähe betrachtet!"

„Hier!"

Raha nimmt ihn mit zuckenden Fingern, der Jäger von Hador lässt das Andenken Owinars nicht aus den Augen. Er würde ums Leben für ihn kämpfen. Raha gibt den Dolch zurück. Sie kann ihre Absicht nicht ausführen!

„Glaubst du, dass er tot ist?" fragt sie so ruhig, als ob sie sich nach dem Wetter erkundigte.

„Ja, ich bin überzeugt davon!" antwortet Harrar, denn er hat das glühende Auge Rahus gesehen!

„Sein Mörder soll enden wie der Kindsmörder von Anthor, der von seinem eigenen Fleisch fraß!" keucht Raha bebend hervor und ihre Augen blitzen sengend zum Dolch hin.

Nach einer dumpfen Pause verlässt Raha die Höhle. Unter dem Eingang dreht sie sich um:

„Vater!"

„Ja?"

„Ich habe dir etwas zu sagen!"
Widerwillig verlässt Rahu die Höhle. Seine Tochter geht ihm voran bis an einen Felsvorsprung. Dort lässt sie sich nieder.
„Was willst du von mir?" fragt der Alte ungeduldig.
„Vater, Owinar ist tot!"
„Was kümmert uns das?"
„Er wurde ermordet!"
„Was geht das dich an?"
„Ich kenne seinen Mörder!" Der alte Grauling zuckt zusammen. Sein Auge drückt sich lauernd ein.
„Du kennst ihn, Täubchen? Wer... wer? Bist du seine Richterin?"
„Ja, Vater, ich werde ihn richten!"
„Ich bin neugierig, wie du das angreifen wirst."
„Du wirst mir helfen, Vater!"
„Ich... ich dir helfen? Ja, hm... Raha! Wer ist denn sein... Mörder?"
„In der Höhle sitzt er. Harrar von Hador!"
„Aaah!" Mehr bringt der Alte nicht hervor. Mit offenem Mund steht er da.
„Hast du nicht bemerkt, damals, wie er vor Eifersucht bebte und mit gesenktem Haupt fortging?"
„Ja ja, Raha! Beim Ahour! Du hast scharfe Augen!"
„Hast du gesehen, Vater, dass er seinen Dolch besitzt?"
„Bei den Knochen meiner Ahnen!"
Raha steht auf.
„Vater! Damals wolltest du ihn niederschlagen. Er hat dich besiegt! Du brachst zusammen wie eine Himbeerstaude!"
„Ausgeglitten bin ich!"
„Meinetwegen! Ich bin überzeugt, dass du ihn fürchtest!"
„Ich...? Nimm das Wort zurück oder ich erwürge dich!"
„Mich? Ich habe dich nicht niedergeworfen, sondern er! Du fürchtest ihn, nicht, Vater?"
„Dass dich der Blitz zusammenschmettere, Viper!"
„Vater! Wenn du die Wahrheit deiner Worte beweist, so werde ich nie mehr an deinen Worten zweifeln. Wirf ihm die Schlinge um den Hals und ich werde ihm meinen Pfriemendolch ins Herz schlagen!"

„Hast du Mohnsaft getrunken? Ich werde mich hüten! Er hat mir einen großen Dienst erwiesen! Brüderschaft essen werde ich mit ihm!"
„Vater! Hast du die Blume von Ulianti geliebt?"
„Ja! Wie der Höhlenbär das Knochenmark!"
„Würdest du für sie gekämpft haben?"
„Mit sämtlichen Büffeln der Steppe hätte ich es aufgenommen!"
„Würdest du sie gerächt haben?"
„Mein ganzes Leben heißt Rache!"
„Vater! Du weißt es. Ich habe Owinar geliebt... geliebt wie die Glockenblume den Morgentau... wie die Steppe den Frühling! Vater! Du kannst es erfassen. Du hast so geliebt, und ich bin dein Fleisch und Blut!"
Finster blickt der Knochenriese in die Ferne.
„Raha", sagt er endlich schmeichelnd „Harrar hat uns nach dem Gesetz der Steppe nichts getan, was die Rache erlaubt. Im Gegenteil, er war mein Arm! Howe, der Schuft, mag seinen Sohn rächen! Wenn wir es tun, so gibt es blutigen Vernichtungskrieg zwischen Hador und Chohor! Zudem, du kannst ihm nichts beweisen, nur die Nacht hat es gesehen!"
„Vater, ist das dein letztes Wort?"
„Ja, Kind! Für Howe, den Schuft, nehme ich keine Blutrache auf meinen Stamm. Er soll seinen Sohn selbst rächen!"
„Er soll seinen Sohn rächen!" wiederholt Raha wie abwesend.
„Raha, ich hatte gehofft, dass Harrar mein Sohn würde!"
„Erdolchen würd' ich ihn am Hochzeitstag... die Ader würd' ich ihm öffnen mit meinen Zähnen! Ah! Wenn das möglich wäre! Komm', Vater, wir müssen zu unserem teuren Gast, sonst schöpft er Verdacht, wenn wir solange weg bleiben! Ich will dein Herz nicht mit seinem Blut beflecken, Vater komm'! Dein Wunsch ist mein Befehl. Die schönsten Blumen der Steppe sollen unseren Einzug schmücken! Ich will sein Weib werden, um ihn mit meinen eigenen..."
„Er wird dich bändigen! Bald wirst du ihn vor Liebe fressen! Ich kenne die Weiber. Kratzen können sie wie die Bergkatzen, wenn man sie küßen will. Wenn man's nicht tut, heulen sie im Geheimen!"
Raha setzt sich wie die reuige Sünderin neben Harrar. Lange sagt keiner ein Wort. Sie hat einen furchtbaren Plan.

„Harrar, bist du noch zornig?"

„Warum, Raha?"

„Weil ich dich... das letzte mal... ein bißchen eifersüchtig machen wollte. Ich war töricht, nicht?"

„Ich... weiß nicht!"

„Bist du so böse?"

„Nein! Ich bin nicht böse!"

„Nicht einmal den Abschied gesagt! Ich habe den ganzen Tag geweint! Das war nicht schön von mir, nicht, Harrar?"

„Nein, Raha, das war nicht schön! Ein Krieger ist kein Pferd, dem man erst die Schlinge wirft und dann die Haut abzieht!"

Raha zuckt mit den Mundwinkeln.

„Was tun wir törichte Mädchen nicht alles, um unser Ziel zu erreichen! Du verzeihst mir, Harrar?"

„Ja, gerne, Raha!"

„Es bleibt... wie früher, nicht. Harrar?"

„Ja, wie... vor zwanzig Jahren!"

Raha beißt auf die Zähne. Ihre Händchen ballen sich.

„Wie meinst du das, Harrar?"

„Ein Jäger von Hador nimmt kein Weib, das ein anderer verschmähte."

Raha steht auf und wankt dem Ausgang zu. Blass und weltverloren starrt sie zum fernen Gletscher hin. Ein zweiter Dolch sitzt in ihrem Herzen. Nach einer Weile ruft der Alte:

„Raha... hol' mir... Raha!... Wo ist sie?"

Raha ist fort!

4. Kapitel - Über Nacht ergraut!

Harrar hat keinen Grund mehr zum Bleiben. Seine Sendung ist erfüllt. Über Owinars Verschwinden weiß er weniger als vorher. Das Eine scheint ihm klar zu sein. Owinar ist tot und der alte Rahu hat ein schlechtes Gewissen! Etwas ist vor sich gegangen, dieses Etwas wird durch das gleichzeitige

Verschwinden Tarahus noch rätselhafter. Er verabschiedet sich kurz und tritt seinen Rückweg an.

In allen Farben strahlen die Höhenzüge im Glanz der Herbstsonne, die Steppe ist öde und ausgebrannt wie ein Leben ohne Liebe und Freundschaft. Die herbstlichen Farben, das Sterben der Natur drückt auf die Menschenseele wie ein banges Ahnen. Selbst der Instinkt der Tiere wird von dieser Herbststimmung ergriffen. Sie sammeln, sie wandern, verkriechen sich. Diesmal kann Harrar den Gletscher bei Tag überqueren. Wieder fassen ihn an der Todeswand Gedanken des Grauens. Wenn die Drachenschlünde reden könnten! Wenn „Wschscht!" Wieder huscht die gefleckte Riesenhyäne an ihm vorbei, der Totengräber der Eiszeit! Die höchsten Gletscher leuchten im Abendrot, als der Jäger die 'Zunge des bösen Weibes' hinter sich hat. Über ihr liegt ein leiser Rosaschimmer, so zart und lockend wie eine unberührte Mädchenwange. Bald ist es Nacht und die Tundra ist noch nicht überschritten. Unter einem Felsen der Tundra, auf einem Moosteppich, setzt sich Harrar nieder. Die Fellbekleidung der Eiszeitjäger gestattet ein Nächtigen bei jeder Jahreszeit und Temperatur. Harrar schläft nicht gut. Die Rätsel der letzten Tage beschäftigen seine Phantasie, und das Heulen des streichenden Raubwildes aus nah und fern lässt seine Vorsicht nie erlahmen. In der Rechten den Speer, in der Linken den Dolch, kauert er mit halbgeschlossenen Augen da und sinnt halb träumend, halb wachend vor sich hin. Mehrmals fährt er auf und horcht in die Nacht hinaus. Täuschen ihn seine Sinne, hat er geträumt oder... war das nicht jener unheimliche Ton, bei dem die Urstiere der Steppe flüchten und die windschnelle Antilope erstarrt? Als wenn er ahnen würde, was ihm die folgende Nacht bringen wird!

Wie der Kuß einer liebenden Mutter erscheint ihm das dämmernde Morgenrot. Er reckt seine erstarrten Glieder und wandert der Sonne entgegen. Ein leises Heimweh ergreift ihn wegen der trostlosen, öden Weite der moorigen Tundra. Wie ein ausgehungerter Bison begrüßt er aufatmend die ersten Pflanzenbüschel der herbstlichen Steppe. Am Ufer eines sandigen Baches lässt er sich nieder und trinkt. Er will weitergehen, da hemmt er jäh seinen Fuß! Vor ihm im Sand geht eine frische Fährte. Katzenpfoten von der Größe einer ausgespreizten Menschenhand! Er verfolgt diese eine Strecke weit. Sie haben die gleiche Richtung wie sein Weg. Hin und wieder bückt er sich nieder und betrachtet etwas. Dunkelrote Flecken! Sie führen in ein niedriges Buschwerk von Schilf und Zwergerlen. Lautlos geht er weiter. Dort liegt etwas! Soll er weitergehen? Er blickt um sich. Auf dieser ebenen Fläche lagert sich bei Tage kein Raubtier. Vorwärts also! Ah! Dort liegt der blutende Kadaver eines Wildhengstes. Harrar tritt näher. Welch ein Anblick! Die Halswirbel des Tieres sind zermalmt, der Kopf ist abgetrennt, und aus der zerrissenen Brust dringt die Lunge hervor. An der Schulter sind Krallenmale. Das ausgeflossene Blut ist kaum verdickt. Harrar hat genug gesehen. Seine Sinne haben ihn heute Nacht nicht getäuscht! Hier war der Unheimliche an der Arbeit! Dort in der Ferne ragt der Höhenzug des Weißfelsens empor! Der Jäger schwenkt ab in Richtung auf Arah. Man erwartet ihn dort mit Bangen. Was soll er ihnen sagen? Diese Frage sollte zu bald in unerwarteter Weise gelöst werden! Kaum hat er den sogenannten Fuchsweg erreicht, der durch felsiges, mit Krüppelföhren bestandenes Höhenterrain führt, als er unter vorgebeugtem Felsen eine Jagdgesellschaft lagern sieht. Ein Weib ist bei ihnen! Zögernd hemmt er den Fuß, schreitet sofort weiter, als er den alten Howe erkennt. Dieser steht auf, als erwarte er sein Näherkommen. Die weibliche Gestalt, die er zuerst für Howelin gehalten hatte, ist keine andere als Raha von Chohor! Harrar ist namenlos erstaunt. Die hübsche Katze hatte also den langen und gefahrvollen Weg vor ihm, dem gewandten Jäger, zurückgelegt! Da muss was los sein! Er soll nicht lange im Zweifel bleiben, Howe kommt auf ihn zu, und die Jäger umringen ihn. Kein Gruß, kein fröhlicher Zuruf ist bis jetzt gefallen. Im Gegenteil. Harrar kommt es vor, als ob die Jäger mit düsterem Schweigen auf ihn gewartet hätten.

„Welche Kunde bringst du von Chohor, Jäger von Hador?" fragt der Anführer mit messendem Blick.

„Nichts Neues, außer, dass auch Tarahu verschwunden ist!"

„Harrar hätte sich den Gang ersparen können!"

„Ich sehe es, die Botschaft ist mir vorausgeeilt!" erwidert der Angekommene mit einem Blick auf die lauernde Raha.

„Nicht nur deshalb war Harrars Gang unnötig!"

„Nicht nur deshalb... weshalb noch?"

„Weil Harrar den Erfolg seiner Erkundigungsreise vorher gekannt hat!"

„Vorher? Wie soll ich das verstehen?"

„Wenn einer auf der Welt Kunde weiß von Owinar, meinem Sohn, so ist es Harrar von Hador!"

„Ich?"

„Ja, du hast ihn zuletzt gesehen, Harrar! Lebte er noch, als du ihn zuletzt gesehen hast, Jäger von Hador?"

Die Stimme des Alten klingt wie drohendes Unwetter.

„Du fragst merkwürdig, Howe!"

„Wenn man weiß, dass du in Chohor fortgingst mit dem Todeshass der Eifersucht im Herzen, dass du jetzt seinen Dolch trägst, so ist die Frage nicht so merkwürdig!"

Harrar fährt sich über die Stirn, ihm dämmert leise der Zusammenhang!

„Howe... Howe! Lass mich darüber nachdenken. Das ist ja... Wahnsinn!"

„Du willst Ausreden ersinnen, nicht?"

„Bei meiner Jägerehre!... Nein! Howe! Wenn ich das Schicksal Owinars im Voraus gekannt hätte, warum sollte ich nach Chohor gegangen sein?"

Der Alte zeigt auf Raha:

„Um die Früchte deiner Tat zu ernten!"

„Howe! Raha mag dir selbst erzählen, wie Harrar von Hador die ‚Früchte seiner Tat', wie du es nennst, geerntet hat!"

„Wir wissen es. Sie hat dich abgewiesen, sie liebte nur Owinar!"

Harrar greift sich an die Stirn.

„Du schweigst, Harrar!" fragt der Alte düster.

„Nein! Ich schweige nicht! Die Katze von Chohor hat euch belogen! Howe, sie ist Rahus Tochter!"

„Sie hat meinen Sohn geliebt und will ihn rächen. Harrar, gib seinen Dolch her! Du hast ihn geraubt!"

„Er hat ihn mir geschenkt als heiliges Andenken!"

„Wofür... nicht einmal seinem Vater würde er ihn geschenkt haben... wofür?"

„Ich... kann es selbst nicht sagen, ich glaube, aus reiner Freundschaft!"

„Nicht einmal eine Ausrede! Gib ihn her! Er gehört nicht an den Gürtel seines... Mörders!"

„Howe! Dich hat das Alter mit Irrsinn gesegnet! Nur meiner Leiche wirst du den Dolch entreissen! Hier ist er! Wer holt ihn aus der Hand des Jägers von Hador?"

„Ich!" kreischt Raha wie ein Raubvogel auf.

„Mit diesem Dolch will ich dir die Augen ausstechen, die den Tod Owinars geschaut haben!"

„Hole ihn... Kröte!"

„Das geht einfach... schau mal, so!"

Mit glühenden Augen schleicht Raha lauernd zu ihm heran, als ob sie mit ihm einen Ringkampf eingehen wollte. Die schlaue Hexe erreicht ihr Ziel, Harrar behält sie so scharf im Auge, dass er nicht auf seine Umgebung achtet. Wie er sie ruhig erwartet, erhält er von hinten eine Schlinge. Wie der Blitz greift er danach, ehe sie zugezogen werden kann.

„Feiglinge! Die Viper von Chohor muss euch helfen, einen Jäger von Hador zu besiegen, Schande über diese..."

Er erhält eine zweite Schlinge und wird von hinten gepackt... ein Schrei... der Dolch Owinars hat getroffen! In wildem Knäuel ringen sehnige Wildgestalten mit dem Athleten von Hador. Noch hat Harrar eine Hand frei... aber eine Schlinge schließt sich um den Hals... der Atem bleibt ihm weg und unter einem halbparierten Keulenschlag sinkt er zusammen, aber der Kampf ist nicht vollendet. Im Fall hat sich die Schlinge ein wenig gelockert... dies genügt dem gewandten Jäger, einem Gegner den Arm auszurenken und der Schönen von Chohor mit dem Fuß einen Stoß ins Gesicht zu versetzen. Nun aber ist er von Riemen und Sehnen eingeschnürt wie ein Wickelkind. Seine Arme und Füße werden gebunden und die Halsschlinge freigegeben, sein Gesicht ist bereits blau angelaufen und die starrenden Augen treten aus ihren Höhlen. Lange, lange holt er Atem, mit einem wehen Blick schaut er zu Howe empor.

„Howe, du hast deinen Sohn unglücklich gemacht! Du hast ihn unschuldig vertrieben und in den Tod gejagt, nun überfällst du seinen Freund..."

„Seinen Mörder!"

„Seinen Freund, auf die Verdächtigung und Lüge eines Wesens hin, das sein Dasein deinem Todfeind verdankt!"

„Dieser Umstand gibt mir Gewähr für die Wahrheit ihrer Worte!"

„Vater Howe, du wirst alt. Du hast trotz deiner Jahre die Zeit der Kindheit noch nicht hinter dir!"

Der Alte knirscht.

„Verspotte mich vor meinen Kriegern! Dadurch beweist du ihnen, dass deine Worte der Freundschaft Heuchelei waren!"

„Ich will dadurch zeigen, dass ich dich nicht fürchte!"

„Ehe die Sonne sinkt, wirst du anders reden!"

„Was kannst du mir beweisen?"

„Die Tatsachen zeugen gegen dich... so laut, dass nur ein Tor zweifeln könnte!"

„Wirst du mich töten? Ich schwöre ohne Furcht bei meiner Jägerehre, bei den Gräbern meiner Ahnen und bei meiner toten Mutter, dass ich unschuldig bin!"

„Sonst bei nichts mehr?"

„Howe, ich schwöre auch beim Gott des Todes. Er mag die Gefilde der ewigen Jugend verschließen, wenn ich lüge!"

„Die Angst preßt dir den furchtbaren Meineid aus! Gut! Wir werden dich nicht töten! Du hast den Gott des Todes angerufen! Er mag dich retten, wenn du wahr geschworen. Gut, Jäger von Hador! Der Gott des Todes soll über dich entscheiden!"

Ein 'Gottesgericht' der Eiszeit! Harrar erwartet einen Zweikampf. Er spricht sehr keck:

„Gut! Wo ist mein Gegner?"

„Am Weissen Felsen!"

„Am...? Soll ich mit Ahour kämpfen, mit dem Satan der Steppe? Weißt du, was du sagst, Howe?"

„Ah! Der Mond deiner Kühnheit nimmt ab! Tröste dich. Du sollst nicht mit ihm kämpfen!"

„Ich... verstehe dich nicht!"

„Du wirst mich bald verstehen. Ich meine so: Wir haben eine Antilope erlegt, schau her, sie blutet und zuckt noch. Wir werden sie über die Fährte ziehen, wo der Satan zur Tränke geht und dich dort gefesselt niederlegen!"

Der todeskühne Jäger wird blass bis an die Lippen. Raha jubelt. Eine Bewegung geht durch die Reihe der Jäger. Harrar spricht mit bebender Zunge:

„Vater Howe, das wirst du nicht tun!"

„Warum nicht, Großmaul von Hador?"

„Weil du ein Mensch bist und kein Raubtier!"

„Warum noch, tapferer Jäger?"

„Weil ich einen Vater habe, der mich liebt, wie du den deinen geliebt hast."

„Und?"

„Weil ein Vernichtungskrieg anheben würde zwischen Hador und Arah, bis die Herden der Rache zahlreicher sein würden als die Zahl der Überlebenden!"

„Diese Drohung ist ein Schrei der Angst!"

Harrar bäumt sich in den Fesseln wie in Atemnot.

„Ja, Howe, ich will auch jetzt nicht lügen. Ich habe Angst zum ersten Mal in meinem Leben, so wahr mein Name noch nie mit der Furcht genannt wurde. Verurteile mich zum Kampf mit einer Übermacht, mit minderwertigen Waffen, lass mich meine Kraft und Gewandtheit mit dem Mammut und mit Ahour messen, messen ohne Aussicht. Ich will nicht klagen und nicht weichen, bei meiner Kriegerehre nicht! Ich will den Tod segnen, wenn ich kämpfend sterben kann... ich will dir nicht fluchen, wenn du mir den Ehrentod des Steppenjägers gibst."

„Dem Mörder meines Sohnes... dem Beschmutzer seines Vaters!"

„Howe, wenn du mich mit gebundenen Händen vor den Löwen legst, so sollst du in alle Ewigkeit als Aashund die Steppe durchziehen! Mein Geist wird dir den Schlaf verscheuchen und im Sterben den Schweiß der Todesangst auspressen!"

„Du hast den Gott des Todes angerufen! Er soll richten zwischen mir und dir! Wenn du am zweiten Morgen noch lebst, so will ich an deine Unschuld glauben!"

„Howe... Howe... sei barmherzig!"

„Ah... großer Jäger von Hador, pfeift's jetzt aus diesem Loch?"

„Töte mich! Ich will nicht zucken! Nimm meinen Leib unter die Marter! Ich will in stummen Qualen sterben... nur das nicht...! Wehrlos! Mit gebundenen Händen! O Howe, bei deiner Liebe zu Owinar und zur Blume von Ulianti tue es nicht!"

„Das Urteil ist gesprochen!"

„Howe, Vater Howe. Du glaubst diesem Weib, wie du dem anderen geglaubt hast! Raha! Kühle dein heißblütiges Herz! Stoße mir den Dolch Owinars in meine Brust!"

„Nein, stolzer Feigling von Hador, die Rache Howes ist süßer... so süß wie die Liebe! Vater Owinars, ich danke dir! Sein Geist wird aus dieser Rache Seligkeit trinken und mir im Traum der Nacht die Seele mit Wonne beglücken! Ich segne ihn, diesen Tag der Rache. Howe, wann ist es Zeit?"

„Jetzt! Fasst ihn an!"

Man fällt einen armdicken Baumstamm und bindet den Gefesselten daran. Er sagt nichts! Höhere Mächte scheinen sein Schicksal besiegelt zu haben. Wie scheint ihm das Leben so schön, jetzt vor dem entsetzlichen Tot. Hoch in den Lüften kreist ein Adler und eine Lerche jubelt in übersprudelnder Lebenslust zum Äther empor. In einer paradiesischen Flut von Sonnengold erstrahlen die herbstlichsatten Farben der Höhenzüge, und die sterbende Steppe leuchtet so hoffnungsvoll, als träumte sie vom ersten Frühlingstag. Leb' wohl, du blumige Steppe. Schweigend bewegt sich der Zug zum Biberfluss, voran der alte Howe. Nicht weit vom Kadaver des gefällten Wildhengstes, zwischen spärlichen Erlenbüschen bleibt er stehen.

„Hier ist die Fährte!"

Niemand antwortet. Dem Gefangenen wird eine Sehnenschlinge um den Hals gelegt und am Stamm einer Birke verknotet. Aus dem Tragstämmchen macht man einen Pfahl und zwingt ihn mit schweren Steinschlägen in den Boden ein. Mit starken Lederriemen befestigt man Harrars gebundene Füße daran. Wenn er den Versuch macht, sie zu straffen, zieht ihm die obere Schlinge den Hals zusammen. Seine Arme sind fest an den Leib gebunden. Nur der Kopf ist halbwegs bewegungsfähig.

„Kommt mit der Antilope!" befiehlt der alte Howe.

Sie gehen! Harrar ist allein! Er kann nicht einmal das Fliegengewimmel abwehren, das massenhaft den Flußniederungen und Mooren entsteigt.

Bald wird die Sonne sinken. Zwei Jäger Howes kommen mit der Antilope zurück und legen sie nicht weit von ihm auf die dem Weissen Felsen entgegengesetzte Richtung der Fährte.

„Jäger von Arah!" ruft Harrar.

„Wir dürfen nicht sprechen!"

„Ich will euch nicht bereden, gegen eure Pflicht zu handeln. Vernehmt die letzten Worte eines Sterbenden. Sagt dem alten Howe, eurem Häuptling, dass Harrar unschuldig war, ein Sterbender lügt nicht, und dass ich ihm verzeihe, um Owinars, seines Sohnes willen. Sagt Raha, dass der arme Jäger von Hador sie einst ehrlich geliebt, dass er nie mehr eine andere geliebt hätte. Freunde, reicht mir noch einen Trunk Wasser!"
Der eine löst seinen Lederbecher und geht zum Fluss.
„Harrar," flüstert der andere „ich werde Howelin Mitteilung machen! Wir haben schwören müssen, gegen jeden Fremden zu schweigen... Howelin gehört ja zu uns!"
„Ich danke dir, Ahan!"
„Ich fürchte…"
„Was?"
„Dass Howe uns vor übermorgen nicht heimführen wird, und Raha wird wachen!"
„Du hältst mich nicht für schuldig?"
„Nein, Harrar!"
„Sei gesegnet! Nimm mich bei der Hand, Ahan... so lebe wohl, Freund! Wenn ihr meinen zerrissenen Körper finden werdet, diese Hand wird ganz sein. Begrabe sie am Fuß dieses Baumes und schneide mein Zeichen in ihre Rinde, ein Efeublatt. Willst du?"
Der andere kommt und hält dem Liegenden den Becher an den Mund.
„Ich danke euch! Geht und grüßt mir alle, die meinen Worten glaubten. Seid glücklicher als Harrar von Hador!"
Mit gesenktem Haupt gehen die zwei. Harrar ist allein. Ein letzter Sonnenstrahl dringt durch das Laubwerk der Büsche. Leise sinkt die Nacht. Ein warmer Westwind hebt an. Wolken fahren am Himmel und verdecken den leuchtenden Stern über ihm. Geheimnisvoll rauschen die Blätter. Aus der Ferne tönt das klagende Huhuuh einer Eule. Im dürren Laub huscht eine Ratte, die nach Vogelnestern sucht. Wird er kommen? Die Frage ist schrecklicher als die Gewissheit. Heiß fährt es dem Gefesselten über den Rücken. Seine Arme zucken. Ist es wahr? Ist es kein Wundfieber, das ihn schüttelt? Wenn die Seinen ahnten, dass er hier liegt, hilflos wie ein Kind, ein Frass für den Satan der Steppe. Wehe den Bewohnern von Arah! Warum

hassen sich die Menschen? Warum musste der unschuldige Owinar sterben? Owinar, der herrliche Künstler mit seinen innigen Kinderaugen! Harrar weint! In der Steppe streichen Hyänen. Kommt nicht ihr kläffendes Geheul näher? Sie wittern den Kadaver des gefällten Steppenhengstes! Horch! Ein Wildtrab durchfegt die Ebene. Die Hyänen verstummen, bis jene vorüber sind. Dort im Gebüsch raschelt es. Man hört ein gieriges Schnauben, Fletschen und Knacken.Eein 'Gefleckter' (Hyäne) hat die Antilope gefunden und drüben beim toten Hengst! Ein Fauchen und Fletschen und Knirschen, das die Ratten ängstlich fliehen. 'Aashunde' streiten sich um den Pferdekadaver. Der widrige Gestank ihrer Drüsen verpestet die Luft und dringt bis zum Gefesselten herüber. Plötzlich verstummen sie wie auf Verabredung. Auch das Laubleben in der Ebene ist verstummt. Die Steppe scheint aufzuhorchen. Aus der Ferne klingt es wie unterdrücktes Gähnen. Harrar fühlt, wie seine Haut sich fröstelnd zusammenzieht. Er ist auf der Fährte, Ahour, der Satan der Steppe!

Wie unter dem Alpdruck krampfen sich machtlos die Glieder des Gebundenen. Sein Mund ist halb geöffnet, seine Augen starren zum nächtlichen Himmel empor. Alles an ihm scheint zu horchen. Wenn nur eine Hyäne käme und sein Gehirn anfräße... sein Bewusstsein vernichtete! Das Grauen hält seine Stimme wach, sein Denken klar. Keine wohltätige Ohnmacht kann sich seiner bemächtigen. Jede Faser an ihm lebt, sträubt sich gegen das heimlich Nahende! Am Himmel jagen die Wolken. Zwischen ihren leuchtenden Rändern erscheint der Mond und versteckt sich wieder, als fürchte er sich herabzuschauen. Sein fahler Schein jagt über die Steppe, als wollte er das Gelände absuchen im Dienste jenes Unheimlichen. Der Wind fährt mit unterdrücktem Flüsterton durch die Büsche, als wollte er alles Lebendige warnen. Nichts regt sich! Die Hyänen scheinen sich verzogen zu haben. Ist er auf einer anderen Fährte? Alles bleibt ruhig, lange, lange. Mitternacht mag nahe sein. Harrar schöpft Hoffnung. Noch geht seine Brust unter den befreienden, tiefen Atemzügen. Müdigkeit will seine Augen zudrücken. Es ist so still... so still! Wenn nur die Röte des Ostens den nahenden Tag verkündete! Doch, es ist erst Mitternacht. Wenn jetzt.... Was ist dort? Dort! Harrars Körper zuckt auf wie ein getroffenes Wild. Seine weitgeöffneten Augen stieren ins Dunkel. Ihm will das Blut aus den

Augenhöhlen dringen, das Mark in den Knochen gefrieren. Ahour ist da! Schon lange! Dort! Jener dunkle Schatten ist kein Gebüsch. Das ist ein Kopf, und das Flackernde sind keine mondbeschienenen Blätter... das leuchtet wirklich. Es sind die Augen eines furchtbaren Kopfes! Regungslos starrt er herüber wie ein Steinbild! Er scheint sich gelegt zu haben, wartend, lauernd. Harrar will die Augen schließen und muss, muss doch hinsehen, muss offenen Auges den Todessprung erwarten. Der mächtige Kopf bleibt unbeweglich wie ein Granitstein, die glühenden Augen leben, öffnen sich weit und drücken sich wieder halb zusammen. Nun wird er zum Fangbiß anspringen... nun... noch nicht! Er wartet wartet... oh! Der Mond schiebt sich hinter einer Wolke hervor und beleuchtet das Gelände... nur für Augenblicke. In diesem Moment setzt Harrars Herzschlag aus. Sein Blut weicht aus allen Gliedern zurück. Was dort liegt, ist ein Wesen des Grauens! Ja, dort liegt er, den gewaltigen, fleischlosen Kopf auf die furchtbaren Pranken gelegt. Der Mondblick scheint ihn orientiert zu haben... langsam hebt er den Kopf, greift mit der einen Pfote behutsam vor und zieht sie wieder an. So steht er auf drei Gliedern in horchender Stellung! Kein Laut stört ihn! Er greift wieder vor und hebt die andere Pranke. So naht er schleichend, langsam, bedächtig, als ob er selbst Gefahr witterte, den Körper kaum vom Boden erhebend.

Jetzt steht er zwei Mannslängen von Harrar entfernt, den gewaltigen Schädel wie prüfend weit vorgestreckt, die kurzen Ohren zurückgelegt. Nie hat er seinen Blick von Harrar weggewendet und auch der Unglückliche könnte mit keiner Gewalt sein Auge von ihm wenden. Er muss ihn ansehen, wie der Zaunkönig die nahende Ringelnatter. Wieder stutzt der gewaltige Schleicher, die eine Pfote hochgezogen einen Moment, dann kommt er lautlos heran und legt sich nieder. Der Gefesselte fühlt, wie ihm die Füße und Hände erkalten, wie seine Haare sich straffen. Der Jäger, der das Mammut gejagt und dem Nashorn entgegengetreten war, ist dem Irrsinn nahe. Er riecht die stechende Ausdünstung und den blutrünstigen Atem des Ungeheuers. Ist es Grausamkeit oder Argwohn, dass es nicht brüllt, nicht angreifen will?

Grauenhaft liegt vor ihm die scheußliche Riesenkatze, und ihre Augen blinzeln in verhaltener Mordgier. Warum kommt er nicht, der Satan da neben ihm? Ein einziger Schlag, ein Biß seiner dolchlangen Reißzähne, und es wäre überstanden! Ihn reizen? Ah! Nur nicht diese Mark und Hirn durchbohrende

Folter... „Satan! Friß! Komm her, du Hund der Hölle! Zerquetsche meinen Schädel. Friß mein Gehirn! Komm, du Feigling hier bin ich... hier ist mein Hals... Laah La ah... Los... Laaah!"
So gellt es jetzt durch die Nacht! Ein Rasender bäumt sich wie ein getretener Wurm. Schaum liegt auf seinen Lippen. Sein entsetzlicher Schrei dringt in die Steppe hinaus, wird zu einem schluckenden, kurzatmigen Stöhnen, zu einem leisen Wimmern. Seine Brust zuckt auf und nieder wie im Todeskampf. Die Augen weiten sich wie im Vergiftungsrausch, starren blutunterlaufen zum Himmel empor, nicht mehr zum Löwen hinüber. Dieser bleibt unbeweglich! Nein, er erhebt sich! Er kommt! Mit weit vorgestreckter Schnauze beschnuppert er den Gefesselten zuerst die Füße. Ein frostiges Kitzeln geht durch den ganzen Körper des Jägers. Die letzte Kraft des Selbsterhaltungstriebes bäumt sich auf... der Halbirrsinnige fühlt einen heissen Atem im Gesicht, stachelige Haare... Puls und Atem stocken.
Da fühlt die Katze die Halsschlinge und schnellt fauchend zurück. Halbseitlich gewendet steht Ahour in seiner gewaltigen Größe da wie versteinert, entweicht rücklings, umkreist den gefesselten Menschen mit argwöhnischem Flackern der Lichter seiner Augen. Hat er eine Falle gewittert? Weit draußen in der Steppe rollt seine furchtbare Stimme. Ein verirrtes Fohlen ist gefallen!
Die Gletscher brennen! Morgenlicht flutet über die Steppe! Ein jubelnder Tag steigt empor und streicht mit seinen frischen Fittichen rauschend die glitzernden Perlen von Blumen und Gräsern und Zweigen. Nur... ein Tag! Was bedeutet ein Tag, wenn er der letzte ist! Was bedeutet eine Nacht, in welcher der Tod umging! Über die morgenliche Steppe geht ein junger Mensch dem Biberfluss zu. Plötzlich bückt er sich nieder und nickt befriedigt. Er hat die Löwenfährte gefunden und folgt ihr fröhlich pfeifend. Das kann nur einer sein, der auf einer Löwenfährte pfeift: Ruwo, der furchtlose 'Kleine'! Er scheint wieder gut beisammen zu sein. Er hinkt nicht mehr, und sein Schulterfell fliegt lustig hinter ihm her. Dort im Gebüsch bleibt er vor dem Pferdekadaver stehen.
„Beim hohlen Zahn meiner Großmutter! Dich hat er gehörig beim Wickel genommen. Übrigens scheinen hier die singenden Nachtwächter sich gebalgt zu haben... horch! Dort muss einer sein. Er hat gestöhnt! Hat wohl den Bauch

überladen, ich will ihm ein bißchen Luft machen, dem armen Geschöpf! Zuviel fressen ist auch eine Krankheit!"

Mit aufgelegtem Speer geht er weiter und bleibt vor einer Birke verwundert stehen. Sein Arm fällt nieder… Da liegt einer am Boden, zwischen Baum und Pfahl gebunden. Ein Mensch! Sein Gesicht ist blass und eingefallen wie bei einer Leiche. Die blutunterlaufenen Augen starren glanz- und leblos ins blendende Morgenlicht, ohne sich zu schließen. Sein Schläfenhaar ist grau und die Wurzeln des Scheitelhaars schimmern weißlich. Ruwo kniet nieder. Die Hände sind kalt, der Puls geht noch leise. Wer mag das sein? Ruwo blickt um sich und stutzt. Hah! Löwenfährten ringsum! Der Mann war da, als der Satan umging! Also nur eines ist möglich. Bei allen Aashunden der Nacht! Hier ist etwas geschehen, wie es diese alte Steppe noch nie gesehen hat! Menschen haben einen Menschen dem Satan der Steppe ausgesetzt! Einen lebendigen Menschen! Ruwo kniet nieder, bedeckt mit beiden Händen das Gesicht und weint.

„Harrar... irrsinnig!"

„Owinar gab mir den Dolch, Howe! Er war mein Freund. Wenn du mich unschuldig dem Löwen hinlegst, sollst du nach dem Tod als Aashund die Steppe durchwanderen... dann wird Rache sein zwischen Hador und Arah. Howe, nur das nicht! Die Arme nicht binden, nur das nicht, Howe, o schau, ich bitte dich... Raha, du lügst. O seht den fleischlosen Kopf. Er ist schon lange da... es ist kalt... deckt mich, ein Mammut ist hinter mir!"

Ruwo hält die Hand seines Bruders. Sie ist fieberwarm.

„Harrar, armer Harrar! Wo ist deine herrliche Seele? Du redest irre, doch verstehe ich deinen Irrsinn mit grauenhafter Klarheit! Die Schufte von Arah haben dich zur lebendigen Leiche gemacht!"

„Bald ist's Mitternacht, horch, die Hyänen kommen... jetzt jetzt sind sie still… horch... horch!"

„Ja, armer Kerl! Die Hyänen sind dagewesen. Man tötet sie nicht, aber hier, Harrar, befühle meinen Dolch, von nun an wird er im Blut der Aashunde warm werden, und nicht erkalten soll er, bis Steppe und Tundra frei sind von ihresgleichen!"

„Einen Schluck Wasser und dann geht's!"

Ruwo holt Wasser, und der Kranke trinkt mit Fieberhast. Während er trinkt, raschelt es im Gebüsch. Dort steht ein stämmiger Jäger und schaut verdutzt herüber. Ruwo zuckt auf. Ein Jäger Howes, der nachschauen soll, wie es hier steht! Er sieht die beiden, und Ruwo sieht ihn. Fliehen kann er jetzt nicht, ohne feige zu erscheinen, und vor diesem Jüngling schon gar nicht!
„Was tust du hier?" fragt er den 'Kleinen' langsam und düster.
„Komm! Ich will dem Jäger Howes etwas zeigen!" entgegnete Ruwo.
Der Jäger tritt näher. Ruwo steht feierlich auf.
„Jäger von Arah! Du siehst hier einen armen Irren! Jäger von Arah! Hast du ein Jägerherz?"
Der andere greift nach dem Dolch.
„Junge! Hüte deine Zunge!"
„Jäger von Arah gut! Ich will an deine Jägerehre glauben. So frage ich dich bei deiner Jägerehre, die du doch vor dem 'Jungen' nicht verleugnen wirst. Warst du dabei, als man den da auf die Fährte Satans band?"
Der Jäger von Arah beißt trotzig auf die Zähne.
„Ja! Ich war dabei, Junge!"
„Gut, Jäger von Arah, ich danke dir, nun will ich deine Frage beantworten! Du hast mich gefragt, was ich tue... Jäger von Arah, ich schneide mit meinem Dolch die erste Herde auf meinen Lassogriff, schau... so! Ziehe auch den Deinigen, Jäger von Arah, du wirst jetzt um dein Leben kämpfen!"
Die von Hador galten als die besten Jäger und Krieger der Lößsteppe, die von Arah als die besten Künstler und die von Chohor als die besten Spitzbuben, alles mehr oder weniger. Jeder Jäger der Eiszeit war ein Meister der Waffe, ein Künstler, und jede Siedlung hatte auch wie heute noch ihre ungeratenen Kinder! Dennoch verbrachten die Jäger von Hador die meiste Zeit des langen Winters mit Kampfübungen und Ausprobieren von Finten, die von Arah mit Schnitzen, Gravieren und Malen. Die Blutsverwandten Rahus waren stark im Erzählen und Austauschen von 'Jägerlatein' und Heimtücken.
„Ruwo, schone deine zarte Gesundheit!" rät er im Ton eines wohlwollenden Vaters.
„Bist du nicht Rarun, der Kampfmeister der Jungen von Arah?" fragt Ruwo dagegen.
„Ja, mein Sohn! Willst du auch von mir lernen?"

„Rarun, die von Hador kämpfen nicht mit Worten! Bist du bereit?"

„Gewiss, schöner Jüngling!"

„Willst du lieber eine andere Waffe als den Dolch, Kampfmeister von Arah?" fragt Ruwo kühn und gleichmütig.

„Jede Waffe ist mir recht, du junger Held!"

„Gut... den Dolch! Du darfst aber zu jeder Waffe greifen während des Kampfes, ich werde vielleicht auch den Lasso abwickeln!"

„Den... hahaha! Den Lasso abwickeln! Schade, dass uns niemand hört! Du wirst vorher abgewickelt sein, Pferdespringer!"

Der Jäger von Arah ist bereit. Mit vorgestrecktem Kinn und blitzenden Augen steht er da, alle seine Muskeln sind gespannt. Ruwo zählt:

„Eins, zwei, drei!"... und wirft den Dolch weg! Zwei Mannslängen von ihm liegt die Waffe am Boden. Mit über der Brust gekreuzten Armen steht er da! Der andere ist so erstaunt, dass er vergißt, den Mund zu schließen und die Situation auszunutzen.

„Bist du verrückt geworden?" fragt er. „Hol deine Nähnadel! So kämpf' ich nicht mit einem Knaben!"

„Feigling!"

„Gut also! Du hast es gewollt! Ich werde dich den Füchsen beizen!"

Rarun tritt vor, bis einen Schritt an seinen Gegner heran und hebt den Dolch.

„Soll ich?" Ruwo bleibt wie angewachsen stehen und schaut seinem Feind lächelnd ins Gesicht.

„Plauderweib!" sagt er. Der athletische Jäger von Arah schnellt wie ein Tiger auf, holt aus, und sinkt mit einem Wutschrei zusammen!

Ruwo hatte, als er die Arme über der Brust gekreuzt hielt, heimlich einen zweiten Dolch aus dem Gürtel gezogen und ihn, schnell wie ein Schlangenbiß, dem nicht darauf vorbereiteten Gegner, als dieser den Arm hob, zwischen die Rippen gestoßen, indem er mit der Linken parierte. Wie der Blitz ist Ruwo über ihm und drückt ihn vollends nieder. Dem anderen ist der Dolch entfallen. Ruwo hemmt seinem Gegner mit aufgesetztem Knie den Atem und wickelt das Lasso von den Hüften.

„Du siehst, Rarun, das ich doch zum Abwickeln komme! Deine Wunde ist nicht tödlich. Dafür wirst du die Stelle meines unglücklichen Bruders einnehmen!"

Mit einigen Griffen und Zügen hat Ruwo den Besiegten gebunden und schleppt ihn an den Haaren zur Birke hin. Mit den vorhandenen Riemen und Sehnenstumpen spannt er ihn ein, wie Harrar eingespannt war.

„So, Kampfmeister von Arah! Du wirst erlauben, dass ich jetzt Beute mache. Deinen Lasso und den siegreichen Dolch nehme ich mit. Wenn Ahour von dir etwas übrig lässt, etwa das Maul, weil es ihm zu groß ist, so kann der Rest von dir diese Beute in Hador abholen. Ich werde dir das Kochgerät vor allen Weibern überreichen. Meine Großmutter wird dir einen Kuß dazu geben!"

„Ruwo!" knirscht der Gefesselte dumpf „der beste Krieger von Arah ist deiner Heimtücke zum Opfer gefallen! Ich will die Schande nicht überleben!"

„Das sollst du auch nicht!"

„Töte mich wenigstens!"

„Gut!"

Ruwo kniet nieder und drückt ihm die Kehle zu, bis sein Gesicht rot angeschwollen ist. Dann lässt er ihm wieder Luft.

„Soll ich fortfahren?"

„Der schwarze Tod soll dich fressen, du Aashund!"

„Auf Wiedersehen!"

Ruwo geht. Der Kampf mit dem Kampfmeister von Arah hat ihn die Sorge um den Bruder vergessen lassen. Dieser liegt noch teilnahmslos am Boden. Mit unverständlichen Blicken empfängt er den Bruder. Ruwo fasst ihn am Arm:

„Harrar steh auf!"

Mechanisch will er gehorchen, fällt aber vor Schwäche zurück. Ruwo reißt ihn empor und stützt ihn. Der Kranke steht wie im Schwindel.

„Wir müssen fort, Harrar, komm!"

Halb gestützt und halb getragen wankt der junge Greis neben seinem Bruder daher. Er sagt nichts, auch auf Befragen nicht. Der tapfere Ruwo führt ihn bis gegen Mittag dem rechten Ufer des Biberflusses entlang. Ein einfließender Bach versperrt ihnen den Weg.

So, Harrar, jetzt müssen wir die Hunde von Arah an der Nase herumführen, für den Fall, dass sie uns folgen sollten!"

Die beiden setzen über den Bach und gehen zum Biberfluß. Sie waten in den Fluß hinaus, bis das Wasser ihre Gürtel erreicht. Ruwo nimmt seinen Bruder auf die Arme und schreitet, rückwärts gehend, auf seiner eigenen Fährte

zurück bis in den Bach. So muss die Doppelfährte den Eindruck erwecken, als
seien die zwei über den Biberfluß geschwommen. Im Bach watend, schreiten
sie bergauf und gelangen am Nachmittag in eine felsige Waldschlucht. Ruwo
kennt einen über dem Waldbach überhängenden Felsen, unter dem sie an
geborgener Stelle Schutz finden. Ruwo ist von der mühseligen Fahrt so müde,
dass er schwankt wie sein kranker Bruder. Im trockenen Sand des
Felsschutzes bereitet er dem Leidenden ein weiches Lager. Harrar fällt sofort
in einen todesähnlichen Schlaf. Ruwo trägt Steine herauf und legt sie für alle
Fälle neben sich griffbereit.

„Wenn die Hunde von Arah unsere Fährte finden sollten, so wird Ruwo sie zu
empfangen wissen." knurrt der 'Kleine' grimmig. Ein Feuer darf er nicht
anreiben. Von hier aus könnten Licht und Rauch bis weit in die Steppe hinaus
gesehen und gerochen werden. Proviant haben sie auch keinen mitgebracht,
und die Sorge um Harrar würde keinen Ferngang erlauben. Also fasten! Ruwo
wacht bei seinem Bruder bis zum nächsten Morgen. Er versucht ihn zu
wecken, bringt ihn durch starkes Schütteln nur halbwach... und sofort schläft
der Kranke wieder ein. Herz und Atem sind schwach, aber regelmäßig. Unter
diesen Llmständen darf Ruwo es wagen, in der Nähe herumzupirschen. Er
entfernt sich mit Wurfspeer und Schlinge. Lange streicht er in den Felsen und
Gebüschen herum, ohne ein Wild zu fühlen. In die weite Steppe hinaus darf
er nicht. Und so verlegt er sich am nahen Waldfluß auf etwas Sicheres. Er
'fängt' Regenwürmer, indem er Grasbüschel ausreißt, macht Jagd auf
Heuschrecken, Käfer und Mücken. Als er seinen Lederbecher voll dieses
friedlichen Gewimmels hat, zieht er sein Fischgerät hervor. Fein zerlegte und
zu einer langen, dünnen 'Leine' verknüpfte Sehnen mit überaus zierlichen,
halbfingerlangen Harpunen aus Elfenbein verbunden. Eine Erlenrute dazu
und die Angelrute ist fertig! Er kennt die Eigentümlichkeiten des Wildes
besser als seine eigenen. Aus dem Verborgenen lässt er an ruhigen Tiefstellen
den Insektenköder nur streichend, wie im Flug über das Wasier hüpfen und
fliegen, so dass die Raublust der Forelle herausgefordert wird. In diesem
Felsenkessel scheint die Gelegenheit günstig zu sein. Er täuscht sich nicht.
Kaum hat die große Schlupfwespe an seiner Harpune einen ruhigen Wirbel
zwei, dreimal gestreift, so blinkt es weißgelb unter der Fläche, ein
blitzschnelles Aufschnalzen, und an der Sehne zappelt und zuckt und flatscht

eine herrliche Waldforelle, eine, mit großen schwarzen Tupfen auf dem Rücken. Der verborgene Räuber hinter dem Felsen scheint wenig Zartgefühl für ihre Schönheit zu fühlen. Mit wollüstigem Behagen streckt er ihr den Daumen ins schnappende Maul und bricht ihr das Genick. Liebevoll betrachtet er das armdicke Stück, löst die Harpune aus dem Rachen und legt die herrliche Forelle neben sich, wo sie eine Zeitlang zuckt, während ihr Mörder eine Heuschrecke ‚lädt‘. Bald kommt eine zweite Forelle, beißt an und schnellt ‚leer ab‘. Der Fischer geht weiter. Die Forellen an diesem Flußabschnitt sind gewarnt und werden für heute verschüchtert sein. An einer anderen baumüberhangenen Stelle lässt er sich nieder und beginnt sein heimtückisches Spiel von neuem. Schon hat er dreimal ‚gelandet‘, da hört er unter sich ein eigentümliches Plätschern. Durch das überhängende Laubwerk sieht er einen Fischotter, der dem gleichen Landwerk obliegt! Soeben zermalmt dieser einer gefangenen Forelle den Kopf. Ruwo fasst den Speer, zielt und... ein fauchendes Kreischen. Der getroffene Räuber bäumt sich hoch auf und beißt rasend in den Schaft. Ruwo fasst die Wurfstange und zerschmettert dem sich verzweifelt wehrenden Tier den Kopf. Zwei Fliegen auf einen Schlag. Denn auch die tote Forelle wird heraufgeholt. Gegen Mittag kehrt der Jäger beutebeladen heim. Harrar schläft noch. Ruwo sucht nach einer verborgenen Felsennische und reibt mit Bohrholz und trockenem Kienholz nach unendlicher Mühe und Sorgfalt ein Feuer an. Die gebratenen Stücke werden auf einen erwärmten Stein gelegt. Dann versucht er seinen Bruder zu wecken. Es gelingt, aber sofort schläft der Leidende wieder ein. Ruwo lässt ihn schlafen. Er kennt die heilende Kraft des Schlafes. Harrar schläft bis in den folgenden Nachmittag hinein. Jetzt wird Ruwo besorgt.
„Er wird doch nicht schlafen wollen, bis er Großvater ist!"
Er nimmt den starken Mann auf die Arme und trägt ihn zum Bach hinunter. Er taucht ihn mehrmals ins sprudelnd frische Wasser, bis der Eingetauchte wie unter Erstickungsanfällen schluckt und pustet, dann bettet er ihn auf den Bachrand an die Sonne. Er hat die Augen offen und schaut verwundert um sich:
„Wo bin ich Ruwo?"
Mit einem Freudenschrei sinkt Ruwo vor seinem Bruder nieder.
„Harrar! Lieber, lieber Harrar! Sag' noch ein Wort, ein einziges Wort!"

„Wo sind wir, Ruwo?"

„In der Geisterschlucht, Harrar! Wie ist dir?"

„Warum fragst du? Wie kommen wir hieher?" Er spricht matt und schwer. Sein Auge schaut nicht mehr so stier und irre wie gestern.

„Du hast lange geschlafen!"

„Und schauerlich geträumt!"

„Das war kein Traum, Harrar!"

„Kein... Traum?"

„Sieh' mal hier in den Bach!"

„Ich sehe nichts... kein Schwänzchen!"

„So schaue dein Bild im Wasser!"

„Ah... wie übernächtigt! Das Haar voll Sand und Asche!"

„Das ist kein Sand, Harrar!"

Der Erwachte fährt sich über die Locken:

„Kein Sand? Was denn? Staub? Es lässt sich nicht…!" Er fährt sich über die Locken.

„Harrar, du bist nicht eitel? Nicht wahr?" „Dummes Zeug! Eitel! Was ist es?"

„Harrar, du bist... grau!"

„Das seh' ich! Von was? Ist's Farbe oder Staub?"

„Nein, Bruder, du bist ergraut!"

„Er…graut? So ist es wahr, wach ich... geträumt? Wirklich wahr? Ruwo, ich sah im Traum den Satan der Steppe, und ich war gebunden!"

„Das war kein Traum!"

Wie sich besinnend preßt Harrar die Hand an die Stirn.

„Man hatte dich dem Höhlenlöwen zum Fraß vorgesetzt!"

„Ah! In jener Nacht! Und ich bin... ergraut, Ruwo?"

„Tröste dich, Harrar! Das wird sich bessern mit der Zeit. Danke dem Allschaffer, dass deine Seele klar ist. Du bist grau, aber die 'anderen' sollen dafür alle Farben bekommen!"

„Die... anderen? Du meinst die von Arah? Ich erinnere mich!"

„Richtig! Erzähle mir, Harrar. Wie kam das alles?"

Harrar erzählt mit müder Stimme, abgebrochen und sich mehrmals besinnend. Nach und nach bringt er alles zusammen. Ruwo hört knirschend zu. „Den alten Howe werde ich rösten, nicht auf einmal, und dem Drachen von Chohor werde ich die Beine abschneiden bis zum Hals hinauf!"

„Ruwo, der alte Howe ist verblendet. Erst verlor er sein Weib, die Blume von Ulianti, dann seinen Sohn und sein zweites Weib! Das Unglück hat seinen Geist getrübt. Er ist unglücklicher im Leben als im Tod. Wir wollen uns an ihm und den Seinen nicht rächen!"

„Waaas? Nicht... nicht rächen?"

„Ruwo! In jener Nacht habe ich gefühlt, was Menschenhass ist! Er ist der größte Feind der Menschheit ein Gott der Unterwelt. Wir wollen ihm nicht opfern!"

„Hm! Einer ist bereits geopfert!"

„Einer? Wer?"

„Rarun, der Kampfmeister von Arah!"

„Du hast ihn getötet, Ruwo?"

„Ein wenig und dem Satan der Steppe ausgesetzt... an deiner Stelle!"

„Erzähle!"

„Ich lag noch in Arah, als Rarun kam und mit den Gaunern tuschelte. Sie zogen aus, und nach einiger Zeit kehrte einer zurück, Rarun! Er meldete mir, dass sie dich auf dem Rückweg getroffen hätten. Du hättest dich ihnen angeschlossen zur Löwenjagd! Ich wollte mit dabei sein und folgte ihnen am Morgen!"

„Warum erst am Morgen?"

„Es fiel mir in der Nacht auf, wie eindringlich mir Rarun, Ahour fresse ihn, geraten hatte, mich zu schonen, und ich witterte etwas. Der Halunke hätte mir sonst nie Teilnahme gezeigt!"

Harrar lächelte.

„Man wird nach ihm suchen und ihn finden!"

„Mag sein, der Teufel ist sein Schutzgeist. Ich werde..."

„Ruwo! Wir beginnen den Rachezug nicht! Schon um deinetwillen!"

„Um... meinetwillen?"

„Ja! Um deinetwillen! Du liebst Howelin!"

„Wenn's das ist! Die bleibt mir treu, auch wenn ich dem Alten ein wenig die Ohren abschneide!"

„Ruwo! Ich weiß für dich eine schönere Rache!"

„Ich wüßte nicht welche!"
„Wir jagen Ahour, den Satan der Steppe!"
Der tatenlustige Ruwo springt auf.
„Harrar! Das ist ein herrlicher Gedanke! Wir fangen ihn, den Satan, den Schleicher, wir zwei, wir allein, nicht, Harrar?"
„Ja, wir zwei! Ich fühle seit jener Nacht den Drang in mir, die Steppe von ihrem Schrecken zu erlösen, ihm mit freien Armen entgegenzutreten, vor dem ich hilflos gebunden lag! Man soll nicht sagen, dass ein Feigling von Hador ergraut sei. Sie sollen sehen, dass ich ihn mit freien Armen nicht fürchte. Wo willst du hin?"
„An den ,Weissen Felsen'! Ihn fragen, ob er einen letzten Wunsch hat!"
Der Genesende lächelt.
„Nicht so schnell, kleiner Löwe! Wir müssen uns rüsten. Mit Mammutschlingen, schweren Harpunenspeeren und Giften. Außerdem muss ich mich einige Tage erholen und stärken!"
„Du hast Recht! Wir müssen heim! Aber wenn die Hunde von Arah ihn uns wegschnappen?"
„Keine Angst! Sie hoffen ja, dass er mit dem Wild vor Winter nach Westen oder Süden weiterzieht. An dieser Jagd liegt ihnen nichts."
„Gut! Was sagen wir daheim... wegen deines Haares?"
Harrar lächelt zum erstenmal wieder:
„Ich werde mein Haar... färben, mit Braunocker, Fett und Kohle!"
„Großmutter kann dir ja aushelfen. Ich werde ihren Schönheitsnapf (ausgehöhlter Stein) berauben und ihr dafür etwas anreiben, dass sie in allen Farben des Regenbogens strahlt!"
„Das wirst du nicht!"
„Ich werde! Sie hat mich früher des Öfteren rot und blau geschlagen und... angeschwärzt!"
„Weil du ihr jeden erdenklichen Schabernack gespielt hast! Weißt du noch, wie du mit ihrem Haarnetz Fische gefangen hast?"
„Dafür hat sie mich mit einem hölzernen Wappen abgerieben!"
„Und du ihr ein ganzes Ameisennest unter das Lager gelegt hattest!"
„Das waren schöne Zeiten!"
„Als sie dich noch meistern konnte!"

Ruwo holt alle Geräte und den Proviant, dann wandern und stolpern sie durch die Steppe, Hador zu!

5. Kapitel - Erledigt

Erst am dritten Tag kommen sie an. Harrar klärt seinen Vater Ahar über das Vorgefallene auf. Dieser ist einverstanden, erst die Maßnahmen derer von Arah abzuwarten und nicht selbst einen Rachekrieg anzufangen, zumal die Besiegung ihres Stärksten durch seinen 'Kleinen' schon eine empfindliche Vergeltung darstellt. Immerhin soll die Wache verschärft werden. Nach wenigen Tagen der Ruhe und durch anschließende Kraft und Waffenübungen hat sich Harrar, der seine Locken wirklich gefärbt hat, soweit erholt, dass er die alte Kraft in sich fühlt. Der merkwürdige Drang, mit dem Satan der Steppe abzurechnen, will ihn Tag und Nacht nicht verlassen, und eines Abends am traulichen Herdfeuer raunt er dem 'Kleinen' zu: „Morgen!"
Dem Vater und den anderen sagen sie, dass sie zur Jagd wollen. In der Morgenfrühe ziehen sie mit den gewöhnlichen Jagdgeräten fort, aber Ruwo hat in der Nacht Mammutschlingen und Schwerspeere vorausgetragen und versteckt. Er ist voller Begeisterung. Am liebsten wäre er allein gegangen; doch würde ihm sein Vater dies nie verziehen haben. Mit dem erfahrenen und bedächtigen Harrar darf er es eher wagen. Schwerbeladen mit ihren Geräten besteigen sie eine Felswand in der Nähe ihrer Höhle.
„Was willst du hier oben?" fragt Ruwo den voranschreitenden Harrar.
„Das wirst du sehen!" Er bindet das Rückende des Mammutlassos an eine starke Föhre, die am Rande des überspringenden Felsens steht. Die Wurfsehne schlingt er um einen Stein von wohl zehn Mann Gewicht.
„Ah, du willst die Zuverlässigkeit der Schlinge prüfen?"
„Ja, fass an!" Die beiden wälzen den gewaltigen Block an den Abgrund: „Achtung! Eins, zwei!"
Der Felsblock stürzt, ein dumpfes Schütteln der Föhre, die Schlinge hält; der Stein baumelt in der Luft. „Diesen Halswärmer wird er nicht zerreissen, der alte Kater, aber wenn er ihn zerbeißt?" fragt Ruwo.

„Nicht einmal eine Hirschsehne könnte er durchbeissen. Seine Zähne sind zu stark zugespitzt. Du wirst es an seinem Gebiß sehen, das nur fürs Reissen eingerichtet ist!"

„Wir wollen es ihm verleiden, das Reissen. Wenn er uns nicht ausreisst, Harrar! Hihihiiiih! Ich glaube, du hast immer noch Mäuse im Kopf. Wie willst du den Stein wieder... heraufholen?"

„Suche die Mäuse bei dir! Schau her!"

Harrar zieht das kleine Querhölzchen, womit er das Lasso mit dem Baum verknüpft hatte, heraus, die Amschlingung lockert sich, und der Block stürzt samt dem Lasso in die Tiefe.

„Richtig!" meint Ruwo, „Das ist einfacher, als wenn ich mit dem Stein an der Leine hätte heraufklettern müssen!"

„Wir wollen nachsehen, ob nicht ein Stück durch den Fall gequetscht worden ist."

Sie steigen auf Umwegen zu Tal und finden die Wurfschlinge unversehrt. Der Stein ist auf weichen Boden gefallen. Wie die scheidende Herbstsonne die farbensatte Steppe verherrlicht und die fernen Gletscherhöhen blutig aufglühen, erscheinen im Westen die leichtbestandenen Waldzüge des 'Weissen Felsen', wo man das Lager des Löwen vermutet. Ein südlicher Föhndruck lässt die meisten Alpenriesen in greifbarer Nähe und Klarheit erscheinen.

„Innerhalb von drei Tagen ändert das Wetter." erklärt Harrar.

„Spielt keine Rolle!" erwidert Ruwo.

„Wirst schon sehen!"

Harrar kennt an einer seichten Stelle des Bibernflusses eine kleine Insel. Die beiden waten hinüber, um dort zu nächtigen. Eine Insel ist immer der sicherste Ort vor schleichendem Raubwild und die beiden Jäger brauchen Schlaf vor dem gefahrvollen Abenteuer. Eine Jagd auf den Höhlenlöwen zu zweit ist ein Spiel mit Leben und Tod und beansprucht klaren Kopf und geschärfte Sinne. Zwischen Erlenbüschen legen sie sich auf dürre Zweige und versuchen zu schlafen. Harrar kann dies wie auf Selbstkommando, nicht der 'Kleine', dem das Jagd- und Abenteuerfieber in allen Knochen wühlt.

„Harrar, weißt du, was ich tue, wenn er in der Schlinge sitzt?"

„Dass dich die Füchse verschleppten, du Pfeifhase!"

„Ich werde ihn mit dem Speer umschleichen, auf ihn zielen, mich bei ihm auf die Lauer legen, wie er es bei dir gemacht hat, der Strolch!"

„Ich werde die Schlinge durchschneiden, dass du mal zum Schweigen kommst! Schlafe doch, Ruwo!"

"Ich werde ihn beschnuppern, von unten bis oben, und wenn er..."

„Willst du endlich ruhig sein, oder ich gehe heim!"

„Ausgezeichnet! Ich werde das Scheusal allein erlegen! Welch ein Ruhm für mich, Harrar, wenn ich das Fell der Großmutter heimbringe!"

„Nun ist's genug! Entweder du schläfst, oder..."

„Du schläfst nicht! Harrar, sei nicht böse! Morgen Abend will ich schlafen, meinetwegen eine Woche lang, dir zuliebe. Aber wie soll meine Seele schlafen, am Tag vor der Hochzeit mit ihrem Bräutigam!"

„Du wirst schwitzen vor Todesangst, wenn du diesen Bräutigam siehst. Denke daran!"

Harrar ahnte kaum, dass er nicht so Unrecht haben sollte! Mit dem Morgengrauen stehen sie auf und waten ans Wasser. Es fängt leise zu schneien an.

„Das ist gut!" erklärt Harrar. „Besser hätten wir's nicht treffen können. So sehen wir seine Fährte ausgezeichnet!"

Gegen Mittag sind sie am 'Weissen Felsen'.

„Jetzt aufgepasst, Ruwo! Keinen Laut mehr!"

„Ich schweige wie das Grab. Wo mag er sein, der Tagedieb! Der wird Augen machen!"

„Ich vermute ihn unter dem Eberfelsen, kennst du ihn?"

„Ist nicht nötig! Wir gehen den Fährten nach!"

„Wo sind sie, Ruwo?"

„Ach ja, sie sind ja bereits verschneit! Was tun? Auf einmal ist er da und sagt, es sei angerichtet!"

„Komm nur! Ich will dir die Fährten zeigen!"

Er geht voran unter den niederen Waldbestand, wo der Boden weich und nicht überschneit ist. Hier brauchen sie nicht lange zu suchen.

„Schau hier... und hier!"

„Wahrhaftig! Hier könnte man ihm das Mass nehmen für zwei Paar neue Handschuhe. Sieh' da, diese Krallen! Das gibt ein herrliches Halsband!

„Wenn er es dir nur nicht um den Hals legt, dieses Halsband! Nun still! Die Fährten zeigen alle zu der Höhle unter dem Eberfelsen, wie ich vermutete!"
„War sie nie bewohnt, diese Höhle?
„Nein, es ist keine Quelle in der Nähe… Ssscht!"
„Hast du etwas gehört?"
„Nein! Kein Wort mehr! Nur flüstern! Wir sind nahe!" flüstert Harrar.
„Soll ich ihn rufen?"
„Dann bist du ein Mann des Todes! Wir steigen auf den Felsen über der Höhle. Der Wind ist gegen uns."
„Famos! Von dort werde ich ihm auf die Glatze spucken!"
„Keinen Laut! Kein Laub darf knistern!"
Sie sind oben, direkt über der Höhle.
„Schade, dass hier kein starker Baum steht!" meint Harrar.
„Wozu?"
„Um die Schlinge zu befestigen. Das wäre ein gewaltiger Vorteil!"
„Dort, jener Felsblock! Mit dem wird er kaum auf die Hochzeitsreise gehen!"
„Hm! Der Lasso würde dadurch zu kurz. Doch, wir müssen es versuchen. Wickel einmal den Deinigen ab. Wir knüpfen beide zusammen. Deinen musst du doppelt nehmen!"
Sie sprechen einander nur leise in die Ohren. Ruwo löst seine Wurfschlinge und umwindet kunstgerecht den schweren Klotz. Mit dem restlichen Ende wird der Mammutlasso verknüpft. Harrar prüft alles auf das Genaueste und nimmt die schwere Sehnenschlaufe wurfgerecht zur Hand.
„Lege den Speer auf die Wurfstange… so! Hier in dieser Gegend gibt es Wildschweine, grunze einmal!" Das ist etwas für den 'Kleinen'! Er besorgt das Geschäft so gründlich, dass Harrar trotz des Ernstes der Lage lachen muss. Es regt sich... nichts! Das ärgert Ruwo, den 'Kleinen'.
„Ich werde ihm den Braten bringen müssen! Oder, warte einmal! Vielleicht hat er die kleinen herzigen Ferkel lieber als so einen alten Knollenzwicker… quiih… quiih… quiiiih! Da hört doch alles auf! Will er gar Geräuchertes mit Zwiebeln? Soll ich ihm ein Stück hinunterlassen, Harrar? An einer Schnur? Oder soll ich weitere Tiere nachahmen?"
„Versuch's mal mit einem Steinbock!"

„M—m—m—ehgehgeh—e—e—eh! Einen fetten Büffel soll er auch haben: Möööööh! Ah! Er ist ja ein Liebhaber von Pferdefleisch: Whiähähähäh! Der Kerl wird unverschämt! Ein anständiger Ahour frißt, was man ihm vorsetzt! Vielleicht hat er Liebesgram! Ich will einmal seine liebende Gattin spielen: Ahouuuuhl! Das Scheusal hat keinen Familiensinn. Ich kann ihm doch nicht die ganze Steppe zutreiben!"

„Er ist nicht in der Höhle. Entweder hat er sich verzogen, oder er ist während des Schneefalls nicht heimgekommen. Ich sehe keine Schneefährten. Das wäre dem alten Räuber zuzutrauen! Ich werde einmal nachsehen. Nimm die Schlinge!"

„Nein, nein, Harrar! Das Nachsehen werde ich besorgen!"

„Mit Vorsicht! Bei allen Geistern der Nacht! Es wäre ja möglich, das..."

„Dass er so lange schläft vor Angst, wie einst der älteste Enkel meiner Großmutter!"

„Spotte nur! Prahlen kommt vor dem Winseln!"

Ruwo steigt nieder, um die Höhle zu untersuchen! In seinen Händen hält er den schweren Speer mit den gefüllten Giftrillen.

„Ruwo!" ruft ihm Harrar nach „Bei Angriff den Speer aufstemmen! Bei Gefahr nur fliehen, wenn du den Ausgang sicher erreichen kannst, ehe er dich hat. Ich stehe mit der Schlinge bereit! Als Warnungszeichen gilt der Schrei des Rauhfußbussards! Vorsichtig!"

Der 'Kleine' ist unten. Harrar ist nicht ruhig!

„Gehe nicht vor, ehe du dich ans Dunkel gewöhnt hast! Die Höhle hat über zwanzig Mannslängen in die Tiefe. Sobald du zwei glühende Augen siehst, ziehst du dich rückwärts und mit aufgesetztem Speer schrittweise zurück... siehst du nichts?"

„Nein!"

„Himmel! Er ist schon im Untergrund... mach Halt und schau um dich! Hörst du?"

„Ja!"

Harrar zittert für den Bruder. Er kennt seinen Leichtsinn und die Tücken eines alten Höhlenlöwen. Wenn er die Tierstimmen als falsch gewittert hat, was trotz der Meisterschaft Ruwos, in dieser Kunst möglich ist, so wartet der

Löwe bis zum Fangbiß, und beide sind verloren. Denn allein geht Harrar nicht heim. Es ereignet sich nichts! Ruwo kommt wieder zum Vorschein.

„Harrar! Die Knochen und Schädel solltest du sehen, die da drinnen lagern! Es riecht nach Blut und Aas!"

„Komm herauf!"

„Ich will nochmals hinein! Ich glaube, dass auch frische Menschenknochen herumliegen!"

Er verschwindet wieder. Harrar muss unwillkürlich an Tarahu und Owinar denken. Es wäre ja möglich, dass... wenn er eine Spur, ein Kleidungsstück oder eine Waffe, Werkzeuge oder dergleichen von jenen entdecken könnte! Der Verdacht des Mordes, der auf ihm ruht, wäre widerlegt!

„Siehst du Überreste von gegerbten Fellen, Waffen oder etwas Ähnliches?"

„Ich glaube, ja! Hier liegt eine... was ist das? Eine Sandale!"

„Komm herauf... wir wollen einmal tauschen. Du nimmst die Schlinge und ich will... Sssst!... Horch!"

Harrar droht das Blut zu erstarren! Im Gebüsch vor der Höhle zittern die Zweige... es weht doch kein Windchen! Soll er den Warnungsruf ausstoßen? Der Bruder würde dem Raubtier in die Pranken laufen... zu spät!... Himmel! Dort kommt er daher, der Satan der Steppe, einen Vielfrass im Rachen! Der Anblick ist zum Erstarren. Dieser gewaltige fleischlose Kopf mit den furchtbaren Dolchzähnen, die hagere, lange Gestalt mit den bärenhaften Pranken. Der Nacken sieht aus wie bei einem Büffel. Harrars Kinnlade bebt aus Angst für den Ahnungslosen in der Höhle. Er kommt ihm von rückwärts! Wegen des niederhängenden Tieres im gewaltigen Rachen ist ein sicherer Wurf zum Kopf unmöglich. Da gilt kein Besinnen. Jetzt ist er da! Harrar setzt zum Wurfsprung an und stößt einen gellenden Kriegsruf aus. Das Raubtier lässt die Beute fallen und blickt nach oben. Dieser Augenblick entscheidet. Harrar springt und wirft... die Schlinge zischt... der Jäger von Hador hat sein Meisterstück getan der Gottheit Dank. Die Schlinge sitzt! Ein grauenhaftes Gebrüll... die Höhle brüllt mit, an den Felswänden erzittert das Echo. Der Löwe schnellt auf wie ein getroffener Marder... die Mammutsehne zieht an. Die gewaltige Katze gebärdet sich wie ein Satan. Aufspringend und fauchend schlägt und fletscht er um sich wie streitende Hunde, deren Glieder man im Kampf nicht mehr sieht. Er wirbelt um sich in rasender Wut. Seine Krallen graben sich in die Erde, um die Sehne zu zerreissen... sie hält! Da tönt es aus der Höhle: „Harrar, du hast ihn! Wirklich! Ist das ein Schoßkind. Wie er Augen macht! Ich werde..."

„Zurück, Ruwo! Augenblicklich zurück!"

„Ich werde ihn beschleichen und beschnuppern."

„Um Himmels willen! Bist du wahnsinnig? Ruwo, Ruwo, ich bitte dich! Bei allen Geistern, er blinzelt nach dir!"

„... und ich nach ihm! Bei den Spitzbuben von Chohor! Wenn der einem sein Händchen reicht... diese unbeschnittenen Fingernägel! Ich werde sie ihm beschneiden..."

„Ruwo! Mit der Schleuder werfe ich nach dir, wenn du erscheinst!"

„Pah! Das wirst du nicht! Im Jagdflug fege ich an ihm vorbei. Pass auf: eins... zwei... drei!"

Der leichtsinnige verwegene Ruwo will am rasenden Löwen vorbei. Dieser macht einen so gewaltigen Ruck zum Flüchtling hin, dass der Block auf dem Felsen ins Rollen gerät. Das wütende Tier fühlt ein Nachgeben der Schlinge... ein Sprung! Seine Pranke hat den Fliehenden am wehenden Schulterfell gefasst. Ein furchtbarer Schrei, ein rasendes Fauchen und... der gewaltige Stein stürzt herunter, den Löwen mit einem Ruck fortschnellend... im entscheidenden Moment, und Stein und Löwe und Ruwo kollern über den Abhang hinunter.

Harrar fasst den Speer und stürzt nach.

„Ruwo Ruwo! Gib Laut!"

„Hier!"

Harrar stürzt weiter. Der Gottheit Dank! Unter einer Kante kauert er... Ruwo! Er muss einen rechtzeitigen Seitensprung gemacht haben.

„Wo ist er?"

„Dort, dort hat er sich samt dem Stein in den Stämmchen verfangen Harrar! Wer hätte so etwas für möglich gehalten... dieser Stein!"

Ruwo ist totenblaß.

„Hol deinen Speer! Wir müßen zusammen vorgehen. Ich warte hier!"
Ruwo kommt mit seiner Waffe gesprungen: „Er hat mich gewollt, Harrar, hast du's gesehen? Warte, dem Satan will ich meinen Dank abstatten!"
„Halt! Sofort stehst du! Oder..."
„Wir müssen ihm doch den Garaus machen."
„Ich muss wissen, wie er sich verfangen hat. Ah, schau! Der Stein ist auf der einen Seite der Buche herab und er auf der anderen. Er sitzt fest!"
„Harrar, lieber Harrar! Darf ich ihn jetzt ein bißchen beschleichen, wie er dich?"
„Meinetwegen, aber sieh dich vor!"
Ruwo entringt sich ein Jubellaut. Harrar folgt ihm. Dort zwängt das furchtbare Raubtier an der Mammutsehne mit ausgespreizten Pranken. Umsonst! Auch die Kraft eines Ahour bringt den festsitzenden Felsblock auf der anderen Seite des Stammes nicht von der Stelle!
Ruwo geht bis an die wühlenden Pranken heran. Welch grauenhafte Wut in diesem satanischen Gesicht! Diese glühenden Augen, das schreckliche Gebiß und das von der Schlinge halbgehemmte Gebrüll! Der bis zum Leichtsinn unerschrockene Ruwo begreift, warum die Gazelle vom Ruf dieses Untieres gelähmt wird. Er sieht, wie der gefangene Satan der Steppe keinen Blick von ihm lässt. Sein Übermut scheint verflogen zu sein!
„Harrar! Wollen wir nicht Schluß machen?"
Dieser hat den Speer aufgelegt und mit der Muskelkraft des Urjägers schleudert er die schwere Lanze dem Raubtier in die zuckende Flanke. Der 'Kleine' will nicht zurückstehen und stößt den seinigen in dessen Brust. Da fliegen die Splitter des armsdicken Schaftes durch die Luft. Wie ein Spielzeug hat die schwere Pranke den Speer zerschmettert.
„Warten wir! Der meinige sitzt gut, und das Gift wird wirken, ehe er in der Schlinge erstickt ist!"
Harrar hat Recht. Die Kraftanstrengungen des Löwen gehen in krümmenden Zucken und Aufbäumen über, die glühenden Augen trüben sich, der Atem geht ächzend, wie von innerem Feuer angetrieben, die Zunge hängt zwischen den gewaltigen Eckzähnen heraus. Ein Zittern, ein Strecken, ein Sich Legen... die Steppe ist von ihrem furchtbarsten Schrecken befreit. Ahour, der Satan der Steppe, ist tot!

Schweigend stehen sie da, die zwei. Vor ihnen liegt ein toter König, der Schrecken der Tundra und Steppe! Keiner Kraft, nur dem Menschengeist ist er unterlegen! Was ist ein Menschenarm gegen diese Sehnenpranken! Im Tod noch ist seine Gestalt ehrfurchtgebietend, erschreckend. Der Ausdruck des fleischlosen Kopfes mit dem halbgeöffneten Rachen erscheint wie in Hass und Gier erstorben. Was ist der Fleischkoloß eines Mammuts gegen diesen heimtückischen Schleicher mit seinen furchtbaren Waffen, was die zwei Menschlein da vor ihm? Doch, sie haben ihn besiegt. Sie sind die Herrscher über Eis und Tundra und Steppe!

Ein Jubel kommt über die zwei, der allen Lebensernst, allen Kriegerstolz vergessen lässt. Sie tanzen und singen und gröhlen wie von Sinnen. Ruwo sitzt wie ein spielendes Kind auf dem Nacken des Löwen, legt sich zwischen die schweren Pranken nnd zwängt seinen Kopf in den Rachen. Aus den Schnurrbarthaaren dieser alten Katze könnte man Nähnadeln verfertigen. Sie haben die Dicke eines Stachels des Schwarzdornes.

„Warum hat er uns nicht gehört, Harrar?" fragt Ruwo.

„Weil er Beute trug. Dann knurrt er leise vor sich hin wie die Wildkatze, wenn sie mit einem Lemming davongeht. Die Gier hat ihm den Tod gebracht, sonst würde er jetzt angerichtet haben. Ruwo! Warst du toll, dass du nicht warten konntest?"

„Ich wusste nicht, was ich tat! Der Kerl hat ja gebrüllt und gefaucht, dass es einem am Mark kitzelte. Wollen wir ihm den Hochzeitsmantel ausziehen, Harrar?"

„Tue das. Lasse den Kopf und die Pfoten in der Haut! Wir wollen damit in Hador Parade machen, Ruwo!"

„Das ist selbstverständlich. Meine Großmutter wird Augen machen, wenn ihr der Prügeljunge von damals ein solches Eichhörnchen heimbringt!"

Ruwo zieht seinen Dolch und schneidet das Fell auf bis unter die Kinnlade.

„Sein Hemd ist aus tadellosem Stoff. Man muss mehr sägen als schneiden!"

„Verletze das Fell nicht! Du kannst es mit der Faust abtrennen. Ich habe damit etwas vor!"

Eine schwere Arbeit war es, die Gelenkköpfe der Röhrenknochen von ihren Pfannen zu trennen; alles Sehnen und Fasern. Es war eine Lust, Ruwo zuzusehen. Er hantierte so kunstgerecht wie ein geübter Chirurg, und gegen

Mittag war das Fell abgeschält. Nach einem kurzen Imbiß wird es mit den Schlingen an ein gefälltes Lärchenstämmchen gebunden und auf die Schultern genommen. Es hat samt Kopf und Pranken das Gewicht eines starken Mannes. Die beiden gehen damit, als trügen sie ein Brautgewand an der Stange.

„Halt!" ruft Harrar plötzlich. „Wir haben in unserem Jagdeifer etwas vergessen und zwar die Hauptsache!"

„Was meinst du?"

„Die Höhle! Ich habe die Höhle nicht untersucht... warte hier!"

Harrar kehrt zurück. Ruwo folgt ihm.

In der Höhle angekommen, wirft die hier herrschende Luft die beiden zurück:

„Dieser Aasgeruch!"

„Sieh' dorthin!"

„Schädel und Gebeine, noch mit Fasern bedeckt, viele von früher her aus der Erde ragend! Hier hat der Teufel der Unterwelt gehaust! Ein menschlicher Unterkiefer... eine zermalmte Hirnschale.

Ah! Dies scheint ein Gürtel gewesen zu sein und da ein Stück gegerbtes Renfell."

„Ist das nicht ein Knochendolch?"

„Zweifellos aber schon alt! Der Satan oder ein anderer scheint hier eingekehrt zu sein. Hier muss früher ein Höhlenbär gehaust haben... sieh' diese Zahnmale! Eine Menschenleiche hat hier in letzter Zeit nicht gelegen!"

„Hier sind schöne Feuersteinklingen!"

„Aus den Felltaschen früherer Opfer. Komm! Lass uns dieses Knochengrab verlassen, nur wieder an die frische Luft! Hier hat weder Owinar noch Tarahu gelegen! Das ist sicher!"

„Er kann sie auf der Fährte verzehrt haben!"

„Möglich! Ich glaube, dass Owinar in einer Gletscherspalte liegt. Ich habe Anhaltspunkte. Hyänen streichen dort!"

„Hat der Alte eine schwarze Hand?"

„Sicher! Ich zweifelte nie daran!"

„Und Tarahu?"

„Ist vielleicht im Kampf mit hinabgestürzt. Der Alte machte mir den Eindruck, als ob er selbst über das Schicksal seines Sohnes im Unklaren wäre. Weiß der Himmel, was hier für ein dunkles Geheimnis waltet!"
„Die Geister des Gletschers werden es offenbaren!"
„Aber wir zwei werden es kaum erleben... komm! Wir müssen vor Nacht auf der Insel sein!"
„Ist nicht nötig! Wenn wir das Hemd Ahours bei uns haben, dürfte sich kaum jemand nähern!"
„Du hast Recht! Heute dürfen wir auf der offenen Steppe schlafen!"
Sie kehren zurück und nehmen ihre Last wieder auf. Auf offener Steppe zwischen leichtem Gebüsch wird genächtigt.
Kaum haben sie sich niedergelassen, fragt Ruwo verwundert:
 „Was hast du gemeint, Harrar, wegen der Haut?"
„Wir füllen sie mit Ästen und Laub, dass es aussieht, als ob wir ihn ganz brächten!"
„Harrar! Ich muss dir einen Kuß geben! Das ist ein herrlicher Gedanke! Wir bringen ihn ganz, den Satan der Steppe. Harrar, da kommt mir eine Idee!"
„Was ist es?"
„Wir rücken nachts an, und ich lege den Löwen mit aufgesperrtem Rachen der Großmutter vors Bett! Wenn sie am Morgen erwacht, oder besser vorher, fange ich an zu knurren!"
„Das wird nicht möglich sein. Wenn wir kommen, gibt's Spektakel, und zudem ist es nicht geistreich, wegen eines Streiches die Nacht abzuwarten!"
Harrar legt sich schlafen. Ruwo wacht auch heute. Er bereitet den Löwen vor! Feuersteinklingen, Bohrer und Schaber, Nähnadeln aus Knochen, Heftsehnen und Farbenpulver, in Röhrenknochen aufbewahrt, z.B. in Rentierknochen, sowie die unvermeidlichen Waffen gehören zum 'eisernen' Bestand der Jagdtasche des Eiszeitjägers. Ruwo ist nicht verlegen. Er arbeitet mit einem Eifer, der wirklich eines höheren Zieles würdig wäre. Der Mond leuchtet ihm.
Wie Harrar am Morgen erwacht, liegt der Löwe vor ihm mit aufgesperrtem Rachen. Ein Stäbchen ist zwischen den Kiefern eingestemmt. Die zwei binden ihn aufrecht unter die Stange. Weiter geht es durch die Steppe, und am Abend erreichen sie Hador. Mit unbeschreiblichem Jubel werden sie empfangen. Weiber kreischen vor Schrecken beim Anblick des Löwen, Kinder

gebärden sich wie toll, die Krieger blicken stumm, aber mit wogender Brust auf das seltene Beutestück und Vater Ahar gibt jedem der beiden Söhne die Hand. Seine Augen schimmern feucht. Hador hat die Steppe von ihrem Schrecken befreit. Seine Söhne haben ihn bezwungen, den Satan der Steppe! Die Zähne geben für Harrar, die Krallen für Ruwo eine Halskette, um die sie der älteste Jäger beneiden kann. Das Fell wird gegerbt und vor der Höhle aufgehängt, zum Schrecken des schleichenden Raubwildes, zur Ehre von Hador!

Die Höhle führt tief in den Berg hinein. Siebzig Mannslängen vom Eingang erweitert sich der Höhlengang zu einem großen Raum. In dieser Felsenhalle ist die ganze Sippschaft beisammen. Greise, Männer, Frauen und Kinder. An sonnigen Wintertagen ziehen die Jäger aus zur Bären- und Wolfsjagd. Fährten finden sie genug in der Nähe der Siedlung. Solche Züge sind mit Vorsicht auszuführen wegen des oft mit plötzlicher Urgewalt einsetzenden Schneetobens und der gefährlichen, bisweilen baumhohen Schneewehen. Glühend und durchnäßt kehren sie am Abend heim und erzählen von ihren Abenteuern und Heldentaten. Mit Sehnsucht erwarten sie die Frühlingsstürme und die antrabenden Herden aus dem westlichen Süden.

6. Kapitel - Die Sprache des Toten

Die Frühlingsstürme jubeln und die Steppe erwacht aus ihrer Totenstarre.
Warme Föhntage locken das horchende Leben. Ströme von getrübten Schmelzwassern ergießen sich über Tundra und Steppe, lösend, reissend, nagend und befruchtend. Aus den weitgeöffneten Rachen der Gletschertore heulen die gischtweissen Fluten. Die Steppe grünt.
Vor der Höhle von Hador stehen fünf gerüstete Jäger, unter ihnen Harrar und Ruwo mit ihrem Vater Ahar. Sie wollen über 'Die Zunge des bösen Weibes' nach der jenseitigen Tieftundra, um in den Mooren das wühlende Nashorn zu jagen. Sein horniges Leder gibt die besten Sandalen und Wurfschlingen. Das eiszeitliche Nashorn war ein Riesentier. Es ist daher begreiflich, wenn unsere fünf Jäger wie zur Mammutjagd ausgerüstet sind. Unter den Eingang kommt die Großmutter und spricht mit eindringlicher Stimme:

„Ahar! Gib Acht auf den 'Kleinen'!"
Das wurmt Ruwo gewaltig.
„Komm mit, Großmutter" entgegnet er gereizt. „Wenn ich mich hinter dir verberge, wird das Nashorn ausreissen!"
„Spotte nur! Es ist mancher verunglückt, der sich über seine alten Erzieher lustig gemacht hat!"
„Dann müßte ich lange tot sein, Großmutter!"
„Meine Zaubersprüche haben dich bisher gerettet! Wenn ich einmal nicht mehr bin..."
„Dann ist das Nashorn tot, Großmutter!"
„Ahar! Hau' ihm eins, dem Schlingel!"
„Soll ich?"
Ahar hat seine Faust aufgezogen.
„Nein, lass ihn, es wird nichts nützen!"
„Also fort Hallohuh!"
Es geht über die aufgrünende Steppe der Tundra entgegen. Ein lauer Wind lockt die ersten Blüten. Die Jäger sehen nichts von der erwachenden Frühlingspracht. Die Stimmung des aufwachenden Lebens wirkt unbewusst auf ihr Blut. Sie ziehen wie junger Morgen daher. In der Nähe der 'Zunge des bösen Weibes' bleibt Ruwo stehen.
„Wenn diese nur nicht zu reifen anfängt!" lacht er übermütig.
„Still dort!" ruft Harrar plötzlich mit unterdrückter Stimme. „Eine Rentierherde naht!"
Alle werfen sich an eine Höckerlehne... Die Tiere kommen! Ahar hat seinen Speer aufgelegt, für die Schlinge wäre es zu weit. Schsst! Ein junges Rentier stürzt zappelnd zusammen und wälzt sich in seinem Blut. Es wird ausgeweidet und die besten Stücke werden verpackt. Nun geht's über das Eis, ein Jäger hinter dem anderen. Vor der gefährlichsten Stelle, vor der steilen Wand, steht der voranschreitende Vater Ahar mit einem Ruck still und hebt warnend die Hand, lässt sie sofort wieder sinken und geht weiter. Eine Hyäne flieht über das Eis, sie muss an der nächsten Gletscherspalte gestanden haben.
„Das gibt zu denken!" meint Harrar sinnend.
„Wieso?" fragt sein Vater „Ein Wild wird hier gestürzt sein!"

Ich sah den Aashund im letzten Herbst zweimal an derselben Stelle!"

Jenseits der Gletscherzunge angekommen, wandern die Jäger etwa eine Stunde durch die Tundra, dem Gletscherrand entlang. Da steigt Ahar auf einen flechtenbedeckten Moränenhügel und hält Umschau. Neben ihm steht der neugierige Ruwo.

„Noch nichts!" meint der Vater. „Wir müssen weiter!"

„Was ist das dort in der Moorniederung?"

„Wo?"

„Links am höchsten Hügel vorbei, an jenem langgezogenen Tümpel!"

„Bei allen Geistern! Du hast Recht. Dort scheint etwas zu wühlen, vielleicht Wasserschweine?"

„Mit halbmannslangen Hauern, Vater!"

„Du könntest Recht haben, Sperber! Gehen wir zum nächsten Hügel, aber in guter Deckung!"

Auf dem Hügel angekommen, bestätigt sich die Annahme Ruwos. Ein Nashorn wühlt im Moorschlamm, dass die Schollen fliegen und der Morast hoch aufspritzt. Neben dem Alten vergnügt sich ein Junges, es wälzt sich behaglich in allen Tümpeln und Lachen.

„Wir müssen uns teilen und die beiden gegen den Gletscher hin einkreisen. Die Mammutschlingen können nichts helfen, da kein fester Gegenstand Halt gewährt und das Tier samt dem Werfer davonlaufen würde. Lassen wir sie hier. Ein Speerstoß ins Maul hat Erfolg."

Ruwo reckt sich.

„Gut, ich werde..."

„Nichts wirst du!" unterbricht ihn der Vater zornig, er darf nicht die Sorgen um seinen Liebling an den Tag legen. „Den Stoß übernehme ich! Du hast mitzutreiben!"

Alle legen die schweren Schlingen ab... der 'Kleine' nicht! Er tut so, als ob er sie ablegte, verbirgt sie aber unauffällig unter seinem weiten Fellüberwurf.

„Gehen wir in Abständen und bilden um das Tier einen Halbkreis!" entwickelt der Alte seinen Kriegsplan. „Ihr treibt mir das Tier zu, falls es mir nicht gelingt, dasselbe an Ort und Stelle anzuschleichen!"

Er geht voran! Ruwo ist der Zweite, Harrar der Dritte. Die beiden anderen bilden den Schluß.

Als der Bogen hergestellt ist, schleichen sie sich an wie Marder. Jede Senkung, jede Unebenheit, jede Zwergbirke wird als Deckung ausgenutzt. Die Farbe des Felles passt sich dem Boden an, dass ein fernes Auge nicht das Geringste bemerken würde, doch brütet die Stille der Tundra möglicherweise Katastrophen, wie sie ein Kampf mit den Riesen der Eiszeit mit sich bringen kann. Hier ist das Menschenleben ein zitterndes Birkenblatt. Bald muss etwas geschehen. Der Kreis der Jäger hat sich so zusammengezogen, dass die Entfernung der einzelnen vom grunzenden und schmatzenden Dickhäuter zwanzig bis dreißig Mannslängen beträgt. Ruwo ist der Vorderste! Mit trotzig verschlossenen Lippen liegt er hinter einem dichten Röhrichtbüschel und spitzt hinüber. Wenn er nicht 'stoßen' darf, so will er ziehen! Das hat ihm der Vater nicht verboten, und Harrar würde ihm helfen, wenn es schief gehen sollte! Leise wickelt er den Lasso wurfgerecht. Zwischen ihm und der überkoteten Alten liegt das Junge, mit allen Vieren die Luft bearbeitend.
„Ein scheußliches Kind!" murmelt er „Wie die Alte nur Freude haben kann an einem solchem Schmutzfink! Ob es auch eine Großmutter hat? Wie müßte erst die aussehen! Ah! Aufgepasst! Das Kalb liefert zwar keine Sandalen, aber das Fleisch soll so zart sein, wie der Blick eines verliebten Mädchens!"
Das Kleine hat sich erhoben und trottet langsam näher. Zwischen ihm und Ruwo ist noch eine größere Lache. Wie es mit dem Vorderkörper hineinplumst, fällt Ruwos Schlinge so meisterhaft, dass er den Braten wie an der Halfter hält! Das junge Nashorn ist so bestürzt, dass es wie verwundert aufglotzt. Will ein anderes Kalb drüben mit ihm spielen? Aber als Ruwo mit einem festen Ruck die Schlinge anzieht, fängt das Tier so kläglich zu quitschen an, dass sich das alte Nashorn mit einem kurzen, grunzenden Ton nach seinem Liebling erkundigt. Das heult und Ruwo bringt es mit aller Macht nicht von der Stelle. Ein grimmiges Gurgeln, das der Morast nach allen Seiten spritzt, und die Alte ist da! Zwei boshafte Augen glühen Ruwo aus rohen Faltenwülsten entgegen — ein Augenblick nur! — das gewaltige Tier setzt mit gesenktem Riesenhorn zum Stoß an! Ruwo kann nicht ausweichen er hört ein rasendes Schnauben und fühlt sich in der nächsten Sekunde vom gewaltigen Hornstoß unter dem Gürtel erfasst und hoch in die Luft geschleudert. Im Bogen landet er auf dem Rücken des ungeheuren Tieres... mit dem letzten Funken von Geistesgegenwart klammert er sich an die massigen Hautwülste.

Das Tier wendet sich, schießt vorwärts, mit seiner teuren Last auf dem Rücken! Rings erhebt sich das schrille Warngeschrei der Jäger, vermischt mit dem Hilferuf des unseligen Reiters. Das Nashorn schreckt auf und schießt davon, das Kleine quietschend nach, die lange 'Leine' nachschleppend. Die wilde Jagd rast vorwärts einem großen Tümpel entgegen. Wenn es sich dort wälzt, ist der kühne Jockey rettungslos verloren. Seine Haare sträuben sich, er brüllt wie ein angeschossenes Mammut... der Tümpel ist da! In seiner Todesverachtung lässt sich der Reiter rückwärts heruntergleiten und fasst den buschigen Schwanz des rasenden Horntieres. Es fährt mit ihm in den Tümpel hinein und macht eine Seitenwendung nach seinem Anhängsel herum, Ruwo wird klatschend auf das Wasser geschlagen, er lässt nicht los. Loslassen heißt hier Tod. Jetzt wird es sich wälzen, Ruwo fühlt es. Wie der Blitz zieht er seinen Dolch und stößt ihn mit Todesverzweiflung ein, zwei, fünfmal in die Weichen des Hinterteils. Das Nashorn brüllt vor Wut und wild ausrasend stöhnt es weiter, den Frechling durch den kotigen Tümpel schleppend, nein schleudernd. Wie es festen Boden fühlt, geht die Jagd wie im Wahnsinn weiter. Aus weiter Ferne klingt das Geschrei der Jäger. Der Nachgezogene macht Sprünge wie eine Heuschrecke, fliegt hierher, dorthin, und als ihn Kraft und Atem verlassen, purzelt er wie ein geschossenes Faultier in eine ganz weiche Gegend. An ihm vorüber rast das Kleine, und Braten und Mammutschlinge fliegen über die Tundra davon...!
Schon kommen die Jäger angerannt und heben den Halbbetäubten auf. Er scheint nicht verletzt zu sein. Aber wie sieht er aus! Ein einziger Kotwickel umschließt ihn. Sie schleppen ihn in den nächsten Tümpel — tragen kann man so etwas nicht! — und legen ihn hinein. Als das Wasser des einen Tümpels schmutzig ist, zieht man ihn zum zweiten hin und so fort, bis man wieder Haut feststellen kann, mit ihr erscheinen auch einige blaue Flecken als beredte Zeugen der bewegten Fahrt. Man legt den 'Ritter' an die Sonne und umringt ihn besorgt. Bisher hat er noch keinen Laut von sich gegeben. Endlich öffnet er Mund und Augen.

„Habt ihr ihn?"

„Ja, wir haben ihn," entgegnet Harrar „aber seine Haut ist noch nicht gegerbt!"

„Wenn ihr ihn nur habt! Wenn ich nicht gewesen wäre..."

„...hätten wir ein anderes Rhinozeros erlegt! Nun müßen wir mit dem da zufrieden sein!"

„Wo ist es?"

„Hier! Greif dir an die Nase, dann hast du sein Horn!"

„Ah, es ist fort! Nicht Harrar?"

„Ja, es ist fort und auch dein Spielkamerad, samt dem schönen Lasso!"

„Ich bin nicht schuld! Ich habe gehalten, was ich konnte! Warum habt ihr mir nicht geholfen? Hattet ihr Angst?"

„Ruwo! Wir sind einem gewissen Hilfeschrei oder vielmehr Hilfeheulen nachgerannt, bis du deine Beute fahren ließest!"

„Ich wollte euch die Richtung angeben!"

„Wo hast du deinen Dolch?"

„Ah ja, mein Dolch! Er muss in der Nähe liegen."

Man sucht nach allen Seiten, findet ihn aber nicht. Er muss in einem Tümpel liegen. Zum Glück hat Ruwo einen Reservedolch bei sich. Er richtet sich halb auf und zieht diesen Dolch; man lässt sich soeben zum Essen nieder. Während desselben wirft Ruwo verstohlene Blicke zum Gesicht seines Vaters. Dieses bleibt unerforschlich, wie versteinert, ja grimmig. Ruwo fühlt ein Donnerwetter in der Nähe und stellt sich leidend. Wie ein sterbender Ahne legt er sich mit halbgeschlossenen Augen zurück, blickt aber unter den Wimpern hervor zu seinem Vater hin. Da ist es mit der Kraft Ahars vorbei. Er lacht heraus, dass ihm die Tränen fliessen.

„Auf dem... Nashorn... davon, davongeritten...! Am Schwanz... in den Tümpel. Oh, meine Lenden, mein armer Magen..."

„Ruwo... mein Sohn... gib mir... deine Hand!" spricht er in Absätzen zwischen seinen Tränenkrämpfen. „Gib mir deine Hand! In dieser heiligen Stunde vergebe ich dir allen Verdruss, den du mir während deines ganzen Lebens verursacht hast!"

„Vater!" erwidert Ruwo mit einem spitzbübischen Seitenblick. „Es kommt vielleicht die Gelegenheit, wo ich dir alle... Prügel verzeihen kann! Du bist zwar alt und weise, aber ein altes Sprichwort sagt: Alter schützt..."

Er kann den Satz nicht vollenden, im Westen erscheint eine antrabende Mammutherde. Der Boden bebt leise und die Luft erzittert weithin unter ihren gewaltigen Trompetenstößen. Des Jägers Herzblut wallt auf. Stehend betrachten sie die nicht fern vorüberstürmende Herde. Eine verfehlte Jagd war bei den Eiszeitjägern kein Unglück. Fleisch und Haut sind ja im Überfluß vorhanden, Abenteuer sind die Hauptsache, und diese haben heute nicht gefehlt. Der Nashornritt Ruwos von Hador wird durch die ganze Steppe seine Runde machen und nach hundert Jahren noch erzählt werden. Auf dem Rückweg, unmittelbar vor dem Gletscherübergang, packt Ruwo aus der Ausschmelze des Eises zwei über faustgroße, spitze Kiesel in seine Felltasche. Nach seiner Absicht befragt, schweigt er beharrlich. Wie sich die Jagdgesellschaft, einer sorglich hinter dem anderen, der steilen Wand nähert, packt Ruwo einen der Steine aus, kniet nieder und fängt an, nach unten, gegen die Gletscherspalte zu, Stufen zu hauen.

„Was willst du dort?" fragt sein Vater.

„Harrar hat hier oft Hyänen gesehen. Ich will wissen, was es da unten Schönes gibt!"

„Bist du wahnsinnig?"

„Da! Er scheint vom Abenteuer etwas erzürnt zu sein, der 'Kleine'."

Wie ein Schwarzspecht pickelt er weiter.

„Willst du gleich heraufkommen, oder wir gehen allein weiter!"

„Möglichst im Laufschritt!"

„Sei vernünftig!"

„Ich muss hier klopfen!"

„Soll ich befehlen, Ruwo?"

„Vater!" mischt sich Harrar in das Wortgefecht „Was wenn unten in der Spalte ein furchtbares Geheimnis schlummert!"

„Über hundert Mann tief muss die Spalte sein! Wer dort hinabstürzt, kommt nie mehr ans Tageslicht!" erklärt der Alte. „Was willst du beim... Ruwo?"

„Vogelnester ausnehmen!"

„Ich will dir helfen!" sagt Ahar entschlossen und löst seinen Lasso.

„Vater!" ruft Harrar aufgeregt. „Ja, so würde es gehen, wenn du ihn mit dem Lasso hältst. Dein Stand ist ja sehr günstig!"

„Also, Trotzkopf nimm die Schlinge um die Brust hier!"

Atemlos gespannt verfolgen die vier das Unternehmen. Von Westen her beleuchtet die Sonne den oberen Teil der furchtbaren Spalte. Ruwo ist unten und schlägt sich hart am Rand eine etwas weitere Vertiefung aus zum Knien.

Er beugt sich über die Spalte weit vor. Ahar strafft den Riemen fester. Lange, wortlos schaut der 'Kleine' in die Eisschlucht hinunter.

„Was siehst du?"

Keine Antwort!

„Wenn's nichts ist..."

„Am rechten Ende der Spalte ist ein großer Granitstein eingeklemmt!" erklärt er, seine Augen beschattend.

„Die Aashunde werden diesen Stein für ein gestürztes Wild gehalten haben. Komm' herauf!"

„Es riecht so eigentümlich!" murmelt Ruwo vor sich hin „wartet noch! Bald wird die Sonne längs der Spalte scheinen... Ah!"

Harrar ist totenblass geworden!

„Ruwo! Sprich doch! Was... was... siehst du?"

Ruwo richtet sich auf.

„Unten liegt eine Leiche! Zwischen Stein und Gletscher eingeklemmt! Ich sehe deutlich den Kopf!"

Eine Stille des Grauens ist eingetreten. Die ausgewetterten Jäger schauen mit geweiteten Augen einander an.

„Wie tief liegt der Stein?" fragt Harrar mit hochfliegendem Atem.

„Etwa... wart' einmal! Die Tiefe ist nicht gut zu schätzen, weil die Wand glatt ist. Etwa zehn bis höchstens dreizehn Mann tief!"

„Vater!" ruft Harrar „Ich gehe nicht heim, bis ich den Toten gesehen habe!"

„Du wirst nicht viel sehen!" erwidert Ruwo, sich vorbeugend. Der Kopf sieht aus, wie ein Totenschädel. Jetzt liegt wieder Schatten darauf."

Der verwegene Ruwo löst seinen eigenen Lasso von der Lende. Das war die leichte Fangschlinge, die jeder mit sich führt, auch wenn sie mit schweren Schlingen ausziehen.

„Ruwo! Was willst du tun? Auf keinen Fall! Ich habe hier zu wenig Stand! Du willst deinen Lasso an den Meinigen knüpfen?"

„Ja!"

„Um keinen Preis! Komm! Wir wollen zurück und jenseits des Gletschers beraten! Ich bin dabei, dass wir das Rätsel lösen, um Harrars willen!"

Ruwo steigt herauf, und wortlos schreiten die fünf zurück. Als sie die Tundra erreichen, ist die Sonne untergegangen. Auf einem trockenen Mooshügel lassen sie sich nieder. Ahar spricht.

„Ich mache folgenden Vorschlag, Ruwo, du bist der schnellste! Du rennst nach Chohor und holst Hilfsmittel. Ein starkes Stämmchen, das wir quer über die Spalte legen können; sie ist doch höchstens anderthalb Mannslängen breit. Gut wär's, wenn jemand von dort mitkäme, als Zeuge, sonst könnte man sagen..."

Schon ist Ruwo davon! Die Zurückgebliebenen sammeln trockene Wurzeln und Flechten, reiben ein Feuer an und braten die frischen Renstücke. Es ist Nacht geworden. Weithin über die Tundra leuchtet der flackernde Schein. Gegen Mitternacht kommt Ruwo vor der Höhle von Chohor an.

„Wer bist du?" tönt ihm eine hohle Stimme entgegen.

„Ich bin Ruwo von Hador! Wir haben in der Gletscherspalte einen Toten gesehen und wollen ihn heraufholen!"

„Wozu? Lass die Toten schlafen, sonst kommen ihre Geister über dich!"

„Ich fürchte sie nicht, Rahu! Die Geister werden uns beschützen. Wir wollen dem Toten ein Grab bereiten!"

„Geht mich nichts an! Willst du essen?"

„Ja! Ich habe Hunger wie ein Löwe!"

Das war die beste Empfehlung für den schlauen 'Kleinen'!

„Du sollst zu essen haben, Jäger von Hador. Ich habe von deiner Tapferkeit gehört!"

„Im Essen?"

„Das Essen ist der Maßstab für die Tapferkeit. Ich habe auch immer tüchtig gegessen!"

Man bringt ihm Gemsschlegel und Eberspeck. Der Alte isst mit. Die ganze Sippe umsteht die beiden und schaut ihnen respektlos zu.

„Lasst ihn liegen, den Toten!" brummt der Alte zwischen den fettigen Fingern hindurch, womit er ein knochiges Beckenstück gegen seinen Rachen preßt.

„Liegt er schon lange dort?"

„Wahrscheinlich. Der Kopf scheint vermodert zu sein!"

Der Alte scheint aufzuatmen.

„Man würde ihn also nicht erkennen?"

„Ausgeschlossen höchstens an der Bewaffnung und Kleidung. Aber es scheint sich alles von ihm gelöst zu haben und in die Tiefe gestürzt zu sein!"
„Auch die... Bekleidung?"
„Nein! Doch würde man ihn daran kaum erkennen. Sie scheint vollständig ausgewaschen und fetzig zu sein!"
Argwöhniseh glüht das Auge Rahus zum Gast hin; „Ruwo! Einen Lebenden zu retten, würden wir alles aufbieten, aber nicht für einen Toten das eigene Leben wagen."
„Ihr müßt es nicht wagen! Das besorgen wir selber! Ich bitte nur um einige Zeugen, Rahu!"
„Zeugen? Wozu Zeugen?"
„Sie sollen nns bestätigen, dass wir alles getan haben, um die Herkunft des Toten festzustellen und ihm ein ehrenvolles Grab zu sichern. Man könnte sonst nachher sagen, die von Hador werden wissen, warum sie ihn haben liegen lassen. Du weißt ja, was Howe meinem Bruder vorgeworfen hat!"
„Howe, der Schuft? Ja, ich weiß es von... Raha!"
Raha von Chohor kommt heran, groß, schön und schlank wie die Königin von Ulianti. Ruwo ist überrascht. Ein so schönes Weib hat er noch nie gesehen. Jetzt begreift er seinen Bruder, und Raha muss seither noch schöner geworden sein. In ihren herrlichen Augen liegt etwas Trauriges, trotz des wilden Glanzes. In ihrer Hand spielt der Lassogriff mit dem weidenden Rentier.
„Vater, wir gehen!" sagt sie ruhig, fast traurig, der Alte scheint unter diesen einfachen Worten zusammenzuzucken.
„Warum, Raha?" sondert er.
„Wir sind es dem Toten, unserer Gastehre und dem Angeklagten schuldig!"
„Wer ist der Angeklagte?" heult der Alte auf.
„Bis jetzt Harrar von Hador! Wir brechen gleich auf. Zwei Jäger sollen mich und Ruwo begleiten!"
Sie spricht als Königin und die zwei Bezeichneten gehorchen... gerne. Es wartet ja ein Abenteuer! In Eile fällt jeder ein armdickes Stämmchen nach Ruwos Anweisung und sie gehen. Hinter den Vieren trottet wortlos und stumm der Alte einher. Ihm scheint die Luft nicht zu behagen. Gegen Morgen kommen sie bei den harrenden Jägern an. Man rüstet die Stangen zu, und

Ruwo legt sie zu einem Bündel vereinigt über die Spalte. Sie hält. Harrar steigt zu ihm nieder. Er will unbedingt in die Eisschlucht klettern; er hat das größte Recht darauf. Ruwo ist an seinen Vater gebunden, der sich droben fest verstemmt hat. Harrar zieht sich eine Mammutschlinge unter den Armen durch und verbindet das andere Ende mit den Stangen. Unter ihm gähnt die gründunkle Tiefe. Er wirft einen mitgenommenen Stein hinab. Man hört ihn an den Wänden hinuntergleiten, aber nicht aufschlagen. Der Aufschlag ist so schwach, dass er vom Geriesel des Schmelzwaffers verdeckt wird. Ruwo bindet seinem Bruder ein zweites Lasso um die Brust und schlingt das Ende um die Stämmchen, so kann er langsam nachgeben. Seine Lage ist gefährlicher als die Harrars. Er muss rittlings auf dem schmalen Bündel sitzen, aber der Leichtfuß ist sich dessen kaum bewusst. Harrar lässt sich langsam sinken, den schweren Lasso durch die Hände und um den rechten Fuß gleiten lassend. Durch Zurufe leitet er Ruwo. Sein Fuß fühlt den Stein, aber nur die äußere, abgerundete Kante. Durch Abstoßen und Schwingen gelangt er ans Ziel. Ein eigenes Gefühl übermannt ihn. Er weint leise. Hier liegt der geheimnisvolle Tote! Wer ist es? In der Spalte ist es grimmig kalt, doch fährt es dem kühnen Steiger heiß über den Rücken, denn aus abgefaulten und ausgewaschenen Fellkleidern starrt ihn ein Totenschädel an, ein Schädel mit sämtlichen Haaren, nur die verschrumpfte Haut bedeckt stellenweise das Gesicht. Augen und Nase sind eingefallen. Ein Erkennen ist ausgeschlossen, auch an den Kleidern. Der Gürtel muss geplatzt und in die Tiefe gestürzt sein. Er fehlt. Schade! Die Waffen hätten gesprochen! Aus der Beinkleidung ragen zwei Röhrenknochen. An dem einen hängt noch das Schienbein. Der Aasgeruch ist nicht stark. Der Körper scheint über Nacht teilweise gefroren zu sein. Was tun? Ihn hinaufschaffen? Er würde auseinanderfallen. Er muss hier bleiben. Mit allen Kräften der Selbstüberwindung wendet er den Leichnam um und prallt mit Entsetzen zurück! Er muss sich an der Eiswand stützen. Im Rücken des Toten steckt ein abgebrochener Lanzenschaft! Nicht ohne Mühe bringt er die Spitze heraus. Es ist eine Harpune aus Renhorn! An ihrem hinteren Ende zeigt sie eine merkwürdige Kerbe. Er steckt sie in den eigenen Gürtel und klettert empor. Ruwo sitzt auf den Stangen und macht die Schlingen los.

„Kann man ihn nicht heben?" fragt Ahar von oben herab.

„Nein! Aber er hat zu mir gesprochen, der Tote!" ruft Harrar feierlich, indem er die Stufen hinaufsteigt. Wie ein leises Grauen geht es durch die Reihe, die an steiler Wand auf ihn wartet. Der Tote hat gesprochen!
„Harrar, was... was hast du erlebt?" fragt sein Vater gedrückt. Als Harrar seinen festen Stand eingenommen hat, hebt er die Harpune hoch empor.
„Diese Harpune hat im Rücken des Toten gesteckt. Wer kennt diese Kerbe?"
Mit hastigen Schritten tritt Raha heran und nimmt die Waffe in die Hand. Kaum hat sie einen Blick darauf geworfen, fangen ihre Finger zu zittern an. Grauenhaft glühen ihre geweiteten Augen.
„Vater! Du hast Owinar getötet!"
Wie ein Todesschrei klingt es über die Eisschluchten hin. Totenstill ist es.
Am Ende der Reihe steht Rahu, geduckt wie ein Raubtier.
„Rahu!" sie ruft nicht mehr 'Vater' „Rahu! Das ist deine Waffe Meuchelmörder von Chohor!"
Welch eine ungeheure Leidenschaft muss in diesem schönen Weib wühlen! Der Alte richtet sich auf:
„Lüge! Aashund von Hador! Du hast mir die Harpune gestohlen!"
„Rahu!" entgegnet Harrar mit unheimlicher Ruhe „mein Freund ist durch deine Hand gefallen. Heimtückisch, meuchlerisch hast du den Ahnungslosen überfallen. Über deine Anklage sollen heute noch die Waffen und die Gottheit des Todes richten!"
„Ja, Hund von Hador, die Waffen... die Waffen gleich jetzt... hier!"
Der Speer schwirrt. Mit einem knappen Ruck kann Harrar ausweichen. Ein gellender Schrei. Hinter Harrar stand Raha. Die Waffe Rahus steckt in ihrer Seite. Mit einem markerschütternden Stöhnen sinkt sie ein, wankt und... rutscht aus. Ein Schrei geht durch die Reihen. Die Schöne von Chohor liegt in der Gletscherspalte. Direkt am eingeklemmten Stein ist sie vorbeigestürzt. Er hat es gesehen! Kein Menschenauge wird sie mehr sehen, die Königin von Chohor. In unergründlichen Tiefen schläft sie, bis der Rachen des Gletschertores ihre Gebeine ans Licht bringen wird... nach Jahrhunderten. Ein Brüllen durchzittert die Luft. Das Brüllen eines verendenden Stieres:
„Rahaaaaaa!"

Wie ein Wesen aus dem Jenseits steigt Rahu an die Kante des furchtbaren Spaltes, beugt sich vor und krallt seine Finger ins graue Haar.
„Rahaaah...aaah!"
Fast erstickt er am Schrei. Wahrhaftig! Es ist das Brüllen eines verendenden Stieres. Einer der Seinen wirft eine Schlinge um ihn. Entsetzen ist in alle gefahren.
„Der Gott des Todes hat gerichtet... fort... fort von hier!"
Hat Ahar gerufen. Keuchend geht er den Seinen voran, fort von diesem Ort!

7. Kapitel - Kerben der Rache

An den Lagerfeuern der Lößsteppe wird das Drama von der 'Zunge des bösen Weibes' erzählt. Aber es ist nicht mehr die wahre Geschichte. Man erzählt sich, dass Geister aus der Gletscherspalte gestiegen sind und sich die Tochter Rahus geholt haben. Durch Nacht und Nebel sind sie mit ihr fortgeflogen. Im Dunkel des grünen Feenpalastes halten Owinar und Raha von Chohor Geisterhochzeit!
In der Höhle von Hador sind alle um das Bratfeuer versammelt. Das Wetter ist schlecht. Es hat sogar noch einmal geschneit. Jeder ist bei einer Arbeit. Die Weiber schneidern Fellkleider und die Männer rüsten Waffen und Jagdgeräte. In der Ecke sitzt ein kaum fünfjähriger Knabe und zeichnet mit einem Feuerstein hilflose Figuren auf ein Steinplättchen. Da geht der Fellhang auf und herein tritt eine triefende Gestalt. Als sie die nasse Kopfumhüllung zurückschlägt, zeigt sich auf allen Gesichtern namenloses Erstaunen. Howe von Arah!
„Ich sehe die Verwunderung eurer Gesichter und erwarte keinen Gruß. Hier steht der Todfeind von Arah!" spricht er, wie es scheint, matt und gedrückt.
Kein Mund bewegt sich.
„Howe von Arah wusste," fährt er fort, „dass die Rache von Hador ihn töten kann, doch die Liebe zu seinem toten Sohn hat ihn hergetrieben. Das heisse Blut von Arah trieb Howe zu einer Missetat! Ihr könnt sie ihm vergelten. Erzählt mir erst die Mär der Gletscherspalte!"
Harrar erhebt sich.

„Howe von Arah! Du bekennst dein Unrecht! Darum sei die Rache erloschen um deines Sohnes willen, der mein Freund war! Setze dich an das Herdfeuer von Hador. Willst du essen?"

„Der Vater des Toten wird weder essen noch trinken, ehe er die Antwort auf seine Frage gehört hat. Wer war der Tote in der Gletscherspalte?"

„Du sollst es hören!"

Der Ankömmling setzt sich, und Harrar erzählt. Lautlos hört der Alte zu. Als Harrar zuende gesprochen hat, kniet der Häuptling von Arah vor ihm nieder.

„Harrar, du hast ihn geliebt! Verzeihe seinem Vater!"

Harrar gibt ihm die Hand.

„Howe von Hador! Mein Haar ist ergraut in jener Nacht! Doch wollte ich jene Stunden segnen, wenn ich damit das Leben Owinars erkaufen könnte. Um seinetwillen sei die Rache ausgelöscht!"

„So spricht nur ein Jäger von Hador!"

„Was gedenkst du zu tun?"

„Zwei meiner Krieger haben Rahu mit den Seinen am Lagerfeuer belauscht. Rahu hat geprahlt, wie er den 'Hund von Arah' auf dem Eis verfolgte und traf!"

„Ah! Er hat es gestanden?"

„Vor seiner eigenen Sippe! Vor anderen wird er es leugnen. Seit dem Tod seiner Tochter scheint dieser Meuchelmord sein einziger Trost und die Rache gegen Arah seine einzige Hoffnung zu sein. Zwischen Chohor und Arah werden nur noch die Herden der Rache sprechen!"

„Du wirst Chohor überfallen!"

„Ja! Wenn ich's nicht tue, wird keines der Meinen seines Lebens mehr sicher sein. Jeden Augenblick müssen wir erwarten, daheim und auf der Jagd, dass er uns überfällt. Darum wollen wir die Entscheidung suchen!"

„Dann wird Menschenblut die Steppe röten! Howe, du hast viel erlebt. Willst du es mehren? Rahu wird das Kind im Mutterleib nicht schonen!"

„Ich will ihm zuvorkommen!"

„Rahu ist ein schlauer Fuchs!"

„Wir sind in der Mehrzahl!"

„Aber gegen Chohor zu ehrlich. Rahu hat nichts zu verlieren. Seine Blutskinder sind tot. Er wird nach den Deinen trachten!"

„Deshalb sollen dem alten Geier einmal die Fänge geschnitten werden! Vorher haben wir keine Ruhe!"

„Die Herden der Rache werden noch unter den Kindeskindern wüten Howe, ich habe einen Vorschlag, nein, eine Bitte!"

„Harrar spreche sie aus!" entgegnet der Alte düster.

„Howe möge an Rahu zwei Boten schicken, die ihm erklären, dass Arah auf die Rache verzichtet, wenn er die Lößsteppe verlässt und in den Westen fortzieht!"

Schwer atmet der Häuptling von Arah.

„Harrar! Rahu hat meinen Sohn gemeuchelt. Harrar hat ihn gekannt, den Herzschlag meiner Seele."

Der Alte schluchzt stöhnend auf.

„Harrar, du hast die Rache ausgelöscht um seinetwillen. Um seinetwillen sei die Bitte gewährt! Ich will die Boten senden!"

„Howe, ich danke dir, um der Unschuldigen willen, die sterben müßten. Nun iß und trockne deine Kleider!"

Am folgenden Morgen geht der Gast wieder.

Das Wetter ist schön. Am Nachmittag ziehen die Jäger von Hador aus, ihrer acht. Sie haben kein bestimmtes Ziel. Hinaus auf die wildreiche Steppe, zur herrlichen Jagd! Noch traben aus dem Westen Heere von Herden heran.

Am 'Weissen Felsen', wo der Höhlenlöwe seinen Tod fand, bringen die Jäger Opfer der Gottheit dar. Am Abend kauern und stehen die Jäger an einer Ausbuchtung des Biberflusses und beschäftigen, d.h. unterhalten sich mit Fischstechen. Plötzlich wird das Fischen unterbrochen. Aus dem Dunkel des nahen Gesträuches tritt ein Mann ans Licht, der den Eindruck völliger Erschöpfung macht. An seiner Schläfe und Wange klebt trockenes Blut. Ahar kennt ihn sofort.

„Wehar von Arah! Wie siehst du aus! Woher kommst du?"

„Von Chohor!"

„Ah, ich dachte ihr wärt zu zweit?"

„Hagurn war bei mir."

„Wo ist er?"

„Tot!"

„Tot? Ein Bote, ein Gesandter?"

„Wir hatten uns kaum ausgesprochen, als Rahu meinen Gefährten mit einem Rinderknochen niederschlug. Auch ich wurde überfallen, konnte mich losreissenn und in die Nacht hinein entfliehen. Ein junger, schnellfüßiger Krieger Rahus verfolgte mich bis fast hierher… hier ist sein Dolch!"
„Ah! Du hast mit ihm gekämpft?"
„Als ich sah, dass er mir allein folgte, habe ich ihn erwartet hier auf dem Dolchgriff ist seine Kerbe!"
„Nun wird der Gott des Todes richten zwischen Arah und Chohor! Auch wir müssen uns vorsehen. Harrar!"
„Stellt Wachen auf!" befiehlt Ahar.
„Hoffentlich kommt er bald, der Alte von Chohor!"
„Wir werden dich begleiten, bis du in Sicherheit bist!" versichert Ahar dem Angekommenen.
„Ich bilde die Nachhut!" erklärt Ruwo. Wenn ich mich etwas verspäten sollte, so macht ein Feuer an. Ich bringe Knochen nach!"
„Du wirst nicht unnötig auf die Verfolger warten!" warnt Vater Ahar. „Wir müssen uns für alle Fälle bereithalten! Löscht das Feuer, wir brechen auf!"
Das fröhliche Lagerleben ist jäh abgebrochen. Kaum einige Augenblicke, und ein nächtlicher Zug bewegt sich den Biberfluss entlang. Ruwo bleibt zurück und folgt erst nach einiger Zeit als Deckung. Gegen Morgen hört er das Rauschen eines Wasserfalles. Ruwo sieht sich nach einem günstigen Übergang über den Flußlauf um. Bei dieser Gelegenheit wirft er einen Blick abwärts auf die Steppe und stößt einen unterdrückten Ruf aus. Dort kommt ein grauer, riesiger Mensch daher, ein raubtierhaft gebücktes Knochengerüst mit fliegenden Haarsträhnen. In der Rechten hält er eine gewaltige Keule, die Linke führt Speer und Wurfstange. Rahu! Mit weit vorgestrecktem Kopf zieht er daher. Ein inneres Feuer scheint ihn zu jagen. Die Rache! Ruwos Speer liegt im jenseitigen Gebüsch! Zu spät ihn zu holen! Er wirft sich nieder. Doch der alte Wolf lässt nicht von der Fährte! Wie ein Satan der Steppe schleicht er durch die Büsche, stutzt, wie Ahour, und schleicht lautlos näher.
„Was tust du hier?" donnert seine hohle Stimme.
„Steh' auf!"
„Ich lade dich ein, neben mir zu liegen!"
„Auf, Köter! Oder ich trete dir ins Gesicht... willst du?"

Kaum hat der alte Knochenriese seinen Fuß erhoben, so hebt Ruwo diesen noch höher und... der Alte liegt auf dem Rücken. Wie der Luchs schnellt er wieder hoch, Ruwo auch!

„Köter von Hador! Ich schlage dich nieder!"

Ruwo schnellt wie eine Katze bis zum äußersten Uferrand zurück. Hinter ihm, um eine Mannshöhe tiefer, liegt das Wasserbecken, dem er den Rücken zukehrt. Er ist nicht im mindestens aufgeregt, der tollverwegene 'Kleine'.

„Satan! Hier!"

Der gewandte Ruwo weicht aus wie ein Wiesel, schnellt herum, und der wütende Alte haut mit solcher Kraft... daneben, dass er das Gleichgewicht verliert. Mit einem Stoß von der Seite hilft Ruwo nach und Rahu stürzt kopfüber in die Fluten. Mit unglaublicher Behändigkeit hat Ruwo sein Lasso gelöst, und als der triefende Graukopf emportaucht, hat er die Schlinge um den Hals. Ruwo zieht den verzweifelt Schwimmenden an die Wand heran, doch so, dass er nicht erstickt. Ruwo graut es vor diesem Alten.

„Rahu! Bin ich ein Köter?"

„Hhhmmm... nein! lass los, Hund!" gurgelt er.

„Noch eine Frage. Hast du Owinar ermordet?"

„Nein! Ja!... Jahhh!"

„Dich mag die Gottheit des Todes richten! Mir graut vor dir, Rahu... mach die Schlinge los!"

Der Alte tut es krampfhaft.

„Rahu von Chohor," ruft Ruwo dem abwärts Schwimmenden nach, „das nächste Mal wird der ‚Köter von Hador' deine Kaumuskeln durchschneiden, dass du dein großes Maul nicht mehr zubringst!"

Rahu landet im Gebüsch und verschwindet. Nun fort! Den anderen nach! Jeder Augenblick kann zum Verhängnis werden. Wie von Geistern gejagt, fliegt Ruwo den kürzesten Weg über die Steppe und erreicht die Jäger noch herwärts von Arah.

„Was bringst du?" fragt sein Vater Ahar.

„Sie kommen!"

„Woher weißt du das?"

„Ich habe ihn gesehen, den alten Vielfraß!"
„Wo?"
„Am Biberfall."
„War er allein?"
„Ja, wohl als Vorhut!"
„Was tat er?"
„Er wollte mich wie einen Pfahl in den Boden hineinschlagen!"
„Hast du mit ihm gekämpft?"
„Nein! Er war mir zu schmutzig! Ich habe ihn gebadet!"
„Erzähle!"
Ruwo tut es. Als er beendet hat, schüttelt der verwundete Wehar seinen verwundeten Kopf.
„Ruwo! Du bist mutig wie ein Adler, pfiffig wie der Eisfuchs, stark und gewandt wie Ahour, aber heute warst du so gescheit wie der Lemming, wenn er den Tod sucht. Warum hast du das alte Raubtier nicht erlegt, wenn es in deiner Hand war? Das wäre eine Tat gewesen wie die Vernichtung Ahours, des Satans!"
„Wehar! Ich konnte nicht! Mir graute vor dem blutigen Auge und vor seinen grauen Haaren!"
„Wenn wir nur für dein Mädchenherz nicht büßen müssen, Ruwo! Er hätte dich nicht geschont!"
„Du magst Recht haben!"
Wehar sollte Recht bekommen!
Ahar schickt einen Boten nach Hador, der melden soll, dass Chohor wegen Verletzung des Gesandtenrechtes unter Blutrache steht. Die anderen alle ziehen in Arah zur Beratung ein. Unbeschreiblich ist die Wut über das blutige Verbrechen von Chohor. Die Jäger von Hador sind einverstanden, den Treubruch zu rächen. Man ist um das Höhlenfeuer versammelt. Bratengeruch regt zu Taten an. Der heißblütige Howe will sofort gegen den Feind aufbrechen, zum Kampf auf Leben und Tod. Ahar warnt ihn.
„Howe würde in sein Verderben rennen! Wir müssen die Höhle besetzt halten und auskundschaften, wo der Feind sich befindet. In unserer Abwesenheit würde der alte Räuber die Deinen überfallen. Er lauert vielleicht irgendwo in der Nähe!"

„Ahars Worte mögen gut sein, aber... ich schicke die Meinen heute Nacht in die Dachsenhöhle; dort sind sie sicher. Wir können alsdann ausziehen!"

„Ich möchte Howe warnen! Zu allererst müssen wir über den Stand des Feindes klar sehen. Schicke Späher aus, nach allen Seiten, und wenn sie die von Chohor entdeckt haben, führt Howe die Seinen unter sicherem Geleit zur Dachsenhöhle. Wir dürfen sie nicht aufs Geratewohl hin von jedem Schutz entblößen!"

„Wir machen es so. Wir bringen die Greise, Frauen und Kinder gesamthaft zur Dachsenhöhle, lassen zur Vorsicht eine Wache zurück und sind frei für den Kampf!"

„Gut, mein Bruder Howe hat zu bestimmen, aber auch zu verantworten! Er möge tun, was er für gut hält. Ich für meinen Teil wollte erst wissen, wo Rahu mit den Seinen steckt und was sie vorhaben!"

„Wenn wir die Unseren in Sicherheit gebracht haben, werden unsere Späher das bald sagen können. Nehmt all das Notwendigste zusammen und folgt uns nach dem Mahl!" wendet Howe sich an die Frauen.

Während des Mahles sitzt Ruwo neben der schönen Howelin und erzählt ihr von seinen Abenteuern. Von der Nashornjagd, vom Kampf mit dem alten Rahu. Howelin hört schweigend, mit glänzenden Augen zu. Ruwo ist ein ausgezeichneter Erzähler und kein Freund von allzu großer Bescheidenheit. Nicht alle sind so unbekümmert und guter Dinge wie Ruwo von Hador, dem die Abenteuer als Würze des Lebens erscheinen. Aus bangen Augen leuchtet stumme Sorge. Die Taten Rahus von Chohor haben in Sage und Erzählung ihren Nimbus des Grauens erhalten. Das Notwendigste wird in Eile zusammengerafft und zu Fellbündeln zusammengeschnürt. Alles andere wird in Spalten und Erdlöchern verborgen. Nach diesen Vorbereitungen ziehen alle aus. Ein nächtlicher Zug bewegt sich langsam und ohne Licht dem Wildbach entlang gegen das Waldgebirge. Ruwo trägt die kleine Welia, die, unbekümmert um Menschenstreit und Rache, lustig auf ihn einplaudert, und der tolle Jäger von Hador ist so entzückt von dem lieben Geplapper des kleinen Engels, das er sogar zeitweise Howelin vergißt, die... natürlich wegen der Kleinen... direkt an seiner Seite geht.

Wilde Wolkenfetzen jagen am sternbesäten Himmel dahin, die unheimliche Schlucht, in die die Ziehenden geraten sind, mal verdunkelnd, mal zauberhaft beleuchtend. Entgegen der Meinung Ahars lässt Howe mehrere Steinlampen eines in Felsen verborgenen Lichtherdes anzünden. Die Jäger gehen voraus und hintennach, zwischen ihnen die Schützlinge an ausgezogenen Lassos. Gegen Morgen kommen sie in einem eigentlichen Steinlabyrinth an. Hier liegt eine nicht tiefe, sehr breite und geräumige Höhle, die Dachsenhöhle, so benannt, weil unter den Steinen dieses Trümmerfeldes sich nicht selten Dachse eingraben. Nach einem kalten Morgenmahl bestimmt Howe zwei Wächter zum Schutz der Seinen und zieht mit der ganzen waffenfähigen Mannschaft von Arah und Hador, etwa siebzehn Mann, auf dem Weg zurück, den sie gekommen sind. Er brennt darauf, mit dem alten Raubgesellen von Chohor abzurechnen. Ahar und die Seinen verurteilen diese kopflose Hast. Dem Frieden zuliebe wollen sie dem Alten vor den Seinen nicht entgegentreten. Als der Morgen graut, machen sie kurze Rast.

„Was gedenkt Howe zu tun?" fragt Ahar den alten Howe.

„Ahar glaubt, dass Rahu gegen Arah zieht?"

„Sicher!"

„Gut! Da können wir ihm entgegenziehen oder ihn in Chohor erwarten. Welches von beiden scheint meinem Bruder besser zu sein?"

„Das letztere, vorausgesetzt, dass..."

„... Das? Was meint Ahar?"

„Vorausgesetzt, dass er nicht schon dort ist und... uns erwartet!"

„Wohl kaum! Unsere Späher hätten ihn bemerken müssen!"

„Rahu ist ein sehr listiger Krieger, und wenn er auf der Fährte seiner Rache ist, so stellt er manchen Jungen in den Schatten!"

„Vater, darf ich etwas sagen?" meldet sich Ruwo bescheiden.

„Sprich!"

„Wenn ich der alte Fuchs wäre, so hätte ich euch längst im Sack!"

„Du sprichst sehr keck!" erwidert sein Vater verweisend.

„Vater! Wir sind auf dem Kriegspfad, wo das Leben wie ein dürres Blatt am Baum hängt! Ich weiß, du denkst wie ich. Der größte Fehler ist geschehen. Wir hätten Arah nie verlaßen sollen!"

„Warum nicht?" fragt der alte Howe gereizt.

„Die Unserigen sind in Sicherheit und wir haben freie Hand!"

„Das heißt, wir schieben uns hin und her und wissen nicht, was wir tun sollen!"
„Das weiß ich genau!"
„Howe will gegen Rahu ziehen! Wo ist er?"
„Ich werde ihn zu finden wissen, heute noch, junger Krieger!"
„Der junge Krieger ist der Ansicht, dass der alte Rahu uns bereits gefunden hat!"
„Woraus schließt du das?"
„Aus der Zeit! Er badet wohl nicht mehr im Biberfall, Howe!"
„Hättest du ihn nicht entweichen lassen, falls, falls..."
„Wie meint Howe?"
„... falls du ihn in der Hand hattest!"
„Ah, Howe meint, der ‚Kleine' von Hador habe ein Märchen erzählt?"
„Das nicht, aber... warum hast du ihn nicht unschädlich gemacht?"
„Ich konnte es nicht über mich bringen, den alten Mann zu töten. Vielleicht wäre es ja besser gewesen, aber ich bin jetzt noch so froh, dass ich ihn laufen ließ. Er hat wohl das Recht der Gesandtschaft verletzt, aber bin ich es, der ‚junge Krieger', der es zu rächen hat? Er soll sich vor einem Jägergericht verantworten. Howe und mein Vater sollen das Urteil fällen!"
„Gewiss, Ruwo, und deshalb beraten wir jetzt, wir zwei!"
„Gut! Beratet also!"
„Wir ziehen erst zur Höhle von Arah, und von dort..."
„Halt!" ruft Harrar plötzlich und beschattet seine Augen. „Kommt dort nicht jemand?"
„Wo?"
„Den Felspfad herunter, den wir eben gekommen sind!"
„Ja!" ruft Ahar verwundert. „Dort kommt jemand, und wie es scheint, ein Weib!"
„Howelin!" schreit Ruwo heraus. „Da muss etwas nicht stimmen!"
Ja, es ist Howelin, die schöne Tochter Howes. Man sieht von weitem, dass sie erschöpft sein muss. Ihr Gang ist trotz der fliegenden Last wankend, stolpernd. Ihr reiches Haar fliegt wild um Stirn und Schulter, und der blühende Mund ist vor Atemnot halb geöffnet. An einem abgebrochenen Erlenstock arbeitet sie sich vorwärts. Man hört ihren keuchenden Atem.

„Was bringst du, Howelin?" ruft ihr der alte Howe mit leise bebender Stimme entgegen.

„Wir... wurden... überfallen... Rahu..." stöhnt sie hervor.

„Das dachte ich mir!" knirscht Ruwo vor sich hin und geht auf die Wankende zu, um sie zu stützen.

„Wie kam das?" fragt Howe totenblass.

„... Plötzlich!... Ihr wart... kaum fort!"

„Was... was ist gegangen... Howelin?"

Howelin kämpft mit einem Schwächeanfall. Ruwo lässt sie sanft aufs Gras niedergleiten.

„Holt ihr einen Becher Wasser!" ruft er unwirsch. Harrar geht an den Bach. Howe drängt weiter.

„Was wollte er von euch... Rahu? Ah, du blutest! Sprich doch!"

„Lass sie zu Atem kommen! Zum Fragen bleibt Zeit genug!" knurrt Ruwo.

„Nein!... Ich muss unbedingt wissen... Was tat er? Ist jemand...?"

„Da kommt das Wasser!" ruft Ruwo, nimmt den Lederbecher Harrars und hebt ihn der Erschöpften an die Lippen. Sie erholt sich mit den ersten Zügen. Wie Stöhnen kommt es von ihrem Mund:

„Er hat Welia geraubt und mich... wollte er... töten!"

Es ist still geworden wie Mitternacht. Der alte Howe muss sich an einen Baum stützen.

„Und die Wächter?" keucht er mit fliegender Hast.

„.... Sind tot!"

„Und die anderen?"

„Sind unverletzt! Nach mir hat Rahu seinen Speer geworfen. Ich konnte mich wegbeugen und fliehen. Die Waffe hat mich nur gestreift... hier!"

Sie wickelt einen Fellfetzen vom linken Arm.

Er zeigt eine tiefe Muskelwunde im Oberarm.

„Er will mein Blut vernichten, mein Fleisch und Blut!" knirscht der Alte stöhnend. „Auf! Auf, zur Dachsenhöhle!"

„Halt!" ruft der Häuptling von Hador. „Wir dürfen nach dem ersten Fehler nicht noch einen größeren begehen!"

„Fort! Fort!" ruft Howe mit kopfloser Hast.

„Wohin, Howe?" fragt Ahar ruhig und entschlossen.

„Ahar fragt! Ist Ahar irrsinnig? Welia ist geraubt! Meine arme, kleine Welia!"
„Wo ist sie, Howe? Noch in der Dachsenhöhle?"
„Wir müßen dort die Spur aufnehmen. Mir nach!"
„Howe, komm' zu dir! Für die Deinen in der Dachsenhöhle droht jetzt keine Gefahr mehr und Welia ist nicht dort!"
„Keine Gefahr mehr?"
„Nein! Wenn er ihnen hätte schaden wollen, hätte er es bereits getan! Ja, wir müssen zur Dachsenhöhle, aber auf einem anderen Weg! Ich müßte mich sehr täuschen, wenn der alte Geier uns nicht beobachten läßt oder uns gar auflauert!"
„Einen Umweg, wo jeder Augenblick so kostbar ist?"
„Ja, einen Umweg! Kannst du gehen, Howelin?"
„Ja!"
„Folgt mir!"
Ohne Widerspruch folgen sie den erfahrenen Jägern auf verborgenen Pfaden. Der 'Kleine' drängt sich an den Vater heran: „Soll ich nicht auf dem alten Weg zurück?"
„Ah, du denkst an einen Wachtposten? Gut! Geh' mit Harrar!"
„Vor zweien wird ein Posten eher ausreissenn als vor mir allein!"
„So geh'! Aber nimm dich in Acht! Der ganze Kriegertrupp könnte den Weg besetzt halten!"
„Hoffentlich! Dann hat der arme Teufel seinen letzten Knochen abgenagt!" knirscht Ruwo in namenloser Wut. „Ich bin schuld, dass er die Kleine geraubt hat! Vater! Wenn er das Kind tötet bei allen Dämonen der Geisterschlucht! Dann soll er... hörst du, Vater, dann soll er blind durchs Leben gehen, oder ich will als Feigling verflucht sein!"
Ruwo geht! Auf dem Weg bricht er einen Stock los, kehrt sein Fellkleid um und bemalt sich mit Ocker, nach Art der alten Weiber. Am Stock wankt und hinkt er dahin wie ein gebrochener Greis, den Speer hat er einem Kameraden übergeben. Nicht weit von der Felsenhalde der Dachsenhöhle lässt er sich ächzend auf einen Stein nieder und hält verstohlen Umschau. Er sieht und hört nichts als den grellen Ruf der Bergfalken. Aber er hat das unbestimmte Gefühl, als ob er beobachtet wird. Deshalb legt er sich an der Sonne zum Schlaf nieder. Lange ist es still. Schleicht dort ein Fuchs? Am nahen Gebüsch

hat etwas gestreift! Es kommt etwas, oder... jemand! Wieder ist es still! Der Schläfer fühlt, dass verstohlene Augen auf ihn schauen. Er regt sich nicht! Doch weiß er zu gut, dass sein Leben jetzt ein fliegendes Blatt ist. Wenn ihn der Mann dort erkennt, so kann der Jäger von Hador hier liegen bleiben, bis zum Jüngsten Tag! Leise Schritte! Jemand hustet! Er 'hört' nichts. Das fremde Etwas kommt vorsichtig näher:

„Heil deinem Pfad, Fremdling! Wer bist du?"

Wie aus dem tiefsten Schlaf geschreckt, fährt Ruwo auf und beschattet seine Augen zum Rufer hin, um den oberen Teil seines Gesichtes zu verhüllen. Ja, dort steht ein Krieger von Chohor. Ruwo kennt ihn genau. Unauffällig hält der seinen Speer wurfbereit.

„Wer bist du?" fragt er wieder. Ruwo steht auf, mit verzerrtem Gesicht, die Hand gegen den Horizont ausstreckend.

„Wenn der heulende Mond aufsteigt, zur Jagd auf die unzähligen Lichter des nächtlichen Tages, tanzen über die glühende Steppe des Winters die Seelengerippe künftiger Ahnen!"

„Bist du verr..."

„Es sinken empor die himmlischen Geister der Unterwelt, sündenbefleckt wie der Greis an der Mutterbrust!" Der Krieger von Chohor senkt seine Waffe. Er steht vor einem armen Irrsinnigen, der wohl seinem Stamm davonlief oder ausgestoßen wurde.

„Siehst du dort... dort... den dunklen Strahl der Sonne? Siehst du sie, die fliegenden Hunde des Weltalls?"

„Stopf ihm den Mund!" Ein zweiter Krieger ist im Gebüsch aufgetaucht. Ruwo brüllt, dass es an den Wänden herumklingt.

„Grabesnacht! Erleuchte meinen Geist, auf dass ich den toten Schutzgeist aller Teufel schaue und erkenne. Fluch dir, du Mörder des Todes! Fluch dir, du Rächer des Guten!"

„Ganar! Mach' Schluß! Wir dürfen ihn nicht so schreien lassen. Sie können jeden Augenblick erscheinen, die Hunde von Hador und Arah. Bei allen Geistern! Wir sind allein!"

Ruwo, der 'Kleine' strafft sich: „Ah... schön! Das wollte ich wissen, ihr Kinderräuber von Chohor. Hier!" Ein furchtbarer Schrei schlägt an die Felswände. Hochauf spritzt ein Blutstrom aus der Brust des stürzenden

Wächters und Ruwo ist im Gebüsch verschwunden! Totenblass starrt der anderen ins Leere.

„Ganar!... Ganar, mein Bruder! Das war..."

"... Ruwo von Hador! Nieder mir dir!"

Eine Schlinge zischt, der zweite stürzt und im Nu ist Ruwo bei ihm und bindet ihn knieend auf seiner Brust.

„Auf zur Dachsenhöhle!"

„Keinen Schritt, lieber sterbe ich!"

„Ganar! Ihr habt ein unschuldiges Kind geraubt! Ihr seid keine Krieger mehr! Wenn du nicht gutwillig gehst, prügle ich dich bis auf die Knochen und dann schleppe ich dich mit dem Lasso an deiner Wadensehne zur Höhle!"

Der Besiegte gibt seinen Widerstand auf und geht stumm am Lasso vor ihm her. Ruwo ist nicht erstaunt, seine Genossen bereits in der Dachsenhöhle vorzufinden. Sein Abenteuer hat ihn einige Zeit aufgehalten. Wie der alte Howe des Gefangenen ansichtig wird, stürzt er wie wahnsinnig auf ihn los.

„Raubtier von Chohor, Kinderräuber... nieder mit dir!"

Ehe Ruwo es verhindern kann, sinkt der Gefangene unter dem Dolch des Alten zusammen. Unwillig schüttelt Ahar das Haupt und bemerkt nicht ohne bitteren Tadel:

„Howe! Du hast dein Gehirn verloren! Das war der zweite, noch größere Fehler!"

„Soll das Raubgesindel von Chohor geschont werden!" brüllt der Alte in seiner Wut.

Der ergrimmte Ruwo nimmt ihn beim Arm und spricht:

„Howe! Setz' dich nieder... hier! Ich habe mit dir zu reden! Glaubst du, ich hätte den Gefangenen deshalb so weit geschleppt, um ihn hier einfach zu töten? Dieser zuckende Jäger dort wusste genau, wo Rahu und die kleine Welia zu finden wären! Nun ist er stumm!"

Der heißblütige Alte senkt den Kopf.

„Er würde es mir nicht gesagt haben!"

„Aber mir!" spricht Ruwo mit Nachdruck. „Ich hatte ihn heute schon einmal zum Gehorsam gebracht, deshalb habe ich ihn leben lassen während ich den anderen niederstach!"

„Den anderen?"

„Schweigen wir! Uns bleibt keine Spur mehr von der Verschwundenen als die Fährte der Räuber, da möchte ich dich um etwas bitten, Howe!"

„Sprich!"

„Lass mich euch vorangehen!"

„Du traust mir nicht zu, den alten Rahu zu fangen?"

„Offen gestanden... nein!"

Der Alte braust wieder auf: „Bube! Wenn du dich den Befehlen nicht fügen willst, so gehe heim!"

Ruwo gibt seinem Vater einen verstohlenen Blick und ergreift sofort seine Waffen.

„Howe, leb' wohl! Mit Buben fängst du den alten Rahu nicht. In Hador mag man mich finden."

Ohne der erschrockenen Howelin einen Blick zu gönnen, verlässt er die Höhle. Stumm stehen die Männer von Hador und Arah einander gegenüber.

„Vater! Was hast du getan!" schluchzt Howelin herzzerbrechend.

„Lass ihn doch, den Feigling! Oder eile ihm nach!" brüllt der Alte auf sie ein.

Ahar tritt vor.

„Howe! In Hador gibt es keinen Feigling! Entweder nimmt Howe sein Wort zurück, oder wir gehen... wir alle von Hador!"

Das klang ruhig, eisigkalt.

Der alte Hitzkopf kämpft einen Riesenkampf mit sich selbst.

„Vater! Um der Welia willen!" ruft Howelin voller Angst.

Die starke Gestalt beugt sich:

„Um des Kindes willen... verzeiht!"

Ahar reicht ihm die Hand.

„Ich weiß, Howe hat in der Hitze gesprochen! Ruwo ging mit meinem Einverständnis. Er hat einen wichtigen Auftrag! Nun auf die Spur der Hunde! Was habt ihr noch von Rahu vernommen?" wendet er sich an die heulenden Weiber. Da meldet sich eine.

„Er hat uns zugebrüllt, dass er das Kind verbrennen werde! Er will es seinen Göttern opfern!"

Eine kalte Stille ist eingetreten. Howe scheint einsinken zu wollen. Ein Kind verbrennen, sein Kind!

„Nehmt Proviant für viele Tage und den Räubern nach!" ruft Ahar mit einer Stimme, der sich der alte Howe mit stummer Ergebenheit fügt. Sie ziehen aus und haben die Fährte bald gefunden. Sie zeigt in die ungefähre Richtung von Chohor. Kurz vor dem Abend teilt sich die Fährte. Die eine weist auf fünf, die andere auf zwei Personen. Ahar und sein Sohn Harrar untersuchen diese letztere peinlich genau, messen sogar die Fußstapfen, und geben sich verständnisvolle Blicke.

„Wir folgen den zweien!" erklärt der Alte von Hador.

In der Nacht fegt ein Sturm über die Steppe, der die leiseste Spur von einer Spur vernichten muss. Unter einem überhängenden Felsen nächtigen die Verfolger ohne Nachtfeuer. Der alte Howe gebärdet sich wie verzweifelt.

„Alles ist verloren! Mein armes Kind!"

„Nichts ist verloren!" erklärt Ahar. „Wir ziehen morgen in eiligem Lauf nach Chohor! Von dort wird sich eine Spur aufnehmen lassen!"

„Dann ist mein Kind tot!"

„Nein!"

„Warum nicht?"

„In drei Tagen erst haben wir Sonnenfest. Rahu wird sein Opfer auf diesen Tag sparen, wenn er das Kind verbrennen will!"

„Zweifelt Ahar daran?"

„Ja! Er hat gesagt, dass er was etwas anderes vorhat!"

„Was wohl?"

„Wir werden es erfahren. Schlafe ein wenig!"

„Schlafen?... Schlafen! Oh... oh Welia!"

„Howe, ich hätte eine Bitte!"

„Sprich!"

„Howe, überlasse mir die Führung!"

„Ahar glaubt wohl, der alte Howe sei nicht fähig dazu, er sei wieder in die Kindheit gekommen?"

„Keineswegs ist das meine Meinung! Ich kenne Howes Tapferkeit und Erfahrung. Aber der Schmerz hat die Augen seiner Seele geblendet. Er kann nicht ruhig überlegen!"

„Gut! Führe uns, Ahar!"

Am folgenden Nachmittag nähern sich die Krieger der Höhle von Chohor. Ahar sendet zwei Späher voran. Diese melden, dass die Höhle verlassen ist. Harrar stellt vier Sicherheitsposten auf und zieht mit den übrigen in die Höhle ein. Bald sinkt die Nacht. Sie machen im Inneren ein Feuer an, das von außen nicht gesehen werden kann. Lange sitzen sie um das gespensterhaft flackernde Feuer. Mutlosigkeit und lähmende Ermattung scheint über alle gekommen zu sein. Keine Spur, keinen Anhaltspunkt! Sie sind am Ende! Was tun? Jeder Pulsschlag ist Zeitverlust, doch wo anfangen? Geistlos starrt der alte Howe ins Feuer.

„Welia ist verloren... Welia! Aber ich werde nicht sterben, ehe der alte Rahu, ihr Räuber in den Flammen heult! Nicht nur einmal, tausendmal soll ihr Mörder den Tod erleiden!"

„Noch ist nicht alles verloren! Warten wir den Morgen ab!" versucht Ahar zu trösten.

Sie ahnten nicht, was ihnen die Nacht bringen sollte! Harrar erinnert sich an damals, als Owinar für Raha das Rentier schnitzte. Wie die Bilder an den flackernden Wänden schweben die Ereignisse jener Nacht um seine Seele. Die Bilder! An der Wand giert der fleischlose Kopf Ahours im Zauberlicht des lohenden Feuers. Ja, so kam er daher, der Satan der Steppe, so hob er wartend, schleichend seine Pfote, so... was ist das dort? Harrar steht langsam auf, langsam, wie im Traum, beschattet seine Augen und starrt zur Wand hin. Täuschen ihn seine Sinne? Das Bild ist vollendet! Hat eine Bubenhand von Chohor das Kunstwerk des verstorbenen Künstlers verpfuscht? Er nimmt einen brennenden Ast und beleuchtet die Wand. Nein! Das Bild ist herrlich gelungen!

„Howe! Schau her!"

„Was will Harrar? Ah! Das Bild Owinars. Man hat mir davon erzählt!"

„Howe! Das Bild ist vollendet, und die Linien des hintern Teiles sind noch frisch wer mag diese Züge gezogen haben und diese Schattierung in der Hinterpranke?"

Lange betrachtet der alte Künstler das Bild. Er scheint tief erschüttert zu sein.

„Du sagst, Harrar, es war nicht vollendet?"

„Bis auf die Schulterhöhe war der Vorderteil ausgezogen!"

„Und die Linien des Hinterteils?"

„Sind frisch!"

„Harrar! Du täuschst dich! Du musst dich damals getäuscht haben. Jede Linie ist von Owinar!"

„Unmöglich! Ich habe das letztemal darauf geachtet, ich konnte es nicht genug betrachten!"

„Ja! Owinar hat seinen Meister besiegt!"

„Was sagst du dazu, Howe?"

„Er wird die Verhältnisse des ganzen Körpers vorgezogen haben — mit leichten Linien und irgendein Hund von Chohor ist nachgefahren!"

„Nein! Bei meiner Seele nein! Howe! Wenn.... wenn....!"

„Wenn.... was?"

„Wenn der Tote in der Gletscherspalte nicht... Owinar wäre!"

„Der alte Satan hat es ja selbst gestanden, dass er ihn getötet hat!"

„Ja, allerdings! Welch ein furchtbares Geheimnis!"

„Ich denke nur an Welia. An meinen Sohn darf ich nicht denken, sonst regt sich der Dolch in meinem Gürtel. Aber ich will nicht sterben, bis sie gerächt sind, die Meinen!"

Lange steht Harrar vor dem Bild, stumm in sich versunken. Eines kann er nicht begreifen. Das Bild war unvollendet. Der Künstler starb, und nun zeigt die Vollendung... seine Linien! Nie würde ein Jäger von Chohor diese Verhältnisie, diesen Schwung des Lebens getroffen haben! Wie abwesend setzt er sich ans Feuer. Er hört nicht die Beratung seiner Gefährten. Er denkt nur an den Toten. An den Toten?

„Was gedenkt Ahar morgen zu tun?" unterbricht Howe die momentane Stille.

„Wir durchsuchen erst die Strecke von hier zum Biberfluss nach Spuren, und wenn dies ohne Erfolg bleibt, so... horch! Was war das?"

Draußen hat eine Wache gerufen und jetzt ertönt ein jäher Schreckensschrei: „Zu den Waffen!"

Der Fellhang fliegt beiseite, und die am Feuer schreien laut auf! Mit weitgeöffneten Augen starren sie zum Eingang.

„Der Geist...! Der Tote... Er geht um! Dort! Dort...! Ah! Seine Seele!"

Von Grauen gelähmt, halten die wilden Jäger einander umklammert, wie erschreckte Kinder. Am Eingang steht ein schlanker Jäger mit herrlichen tiefen Augen und wehender Lockenfülle. Owinar, der Künstler von Arah!

Wie damals, so steht er heute dort, verwundert, staunend, mit einem glücklichen Lächeln um den feingezogenen Mund.

„Vater! Ich habe gehört, dass du meine Unschuld erkannt hast. Darf ich kommen?"

Der Geisterbann scheint gebrochen zu sein. Langsam steht Howe, sein Vater, auf, wankt wie im Traum auf ihn zu, erreicht ihn aber nicht. Mit einem stöhnenden Schrei „Owinar!" sinkt er ein. Der junge Jäger hebt ihn auf.

„Vater, du glaubtest ich sei tot?"

„Tot...? Du bist nicht tot...? Du lebst...? Owinar!" Eine Welt von Wonne liegt in dem einen Wort. Wie ein Kind betastet der Alte die Hände seines Sohnes, fährt über seine Wange, greift in seine Lockenfülle.

„Owinar! Du lebst!"

Da kommt auch ein anderer und schließt ihn mit zitterndem Entzücken in die Arme. Harrar, der Athlet von Hador. Er weint wie ein Kind.

„Owinar! Ich hab's geahnt, und nicht gewagt, zu glauben! Wie kam das?"

„Laßt euch erzählen!" Sie gehen zum Feuer. Sie starren ihn an wie einen Geist. Owinar erzählt.

„Als ich damals die 'Zunge des bösen Weibes' betreten hatte, kam der Lößsturm, und ich beeilte mich, über die gefährlichsten Stellen hinwegzukommen. Wie ich mich im eingetretenen Halbdunkel nach dem nahenden Wetter umsehe, bemerke ich, dass mir ein Mann folgt. Ich ahne Gefahr und drücke mich bei einer Biegung des Weges in eine Nische von Eistrümmern. Der Verfolger glaubt mich vor sich. Er zieht an meinem Versteck vorüber. Es ist Tarahu, der Sohn Rahus. Ich will ihm nach, um ihn zur Rede zu stellen, da hemme ich meinen Fuß und horche. Hinter mir kommt ein zweiter, keuchend, und mit geschwungenem Speer. Der alte Rahu! Mir wird plötzlich klar. Das gilt dir! Der Alte zieht an meinem Versteck vorüber! Er muss, wie sein Sohn, aus der Ferne beobachtet haben, dass ich den Gletscher betrat. Ich freute mich im Stillen, was die zwei Meuchler für Gesichter machen würden, wenn sie auf der anderen Seite der Zunge erfolglos landeten. Es ist finster geworden, und der Sturm naht mit Donnerbrausen. Ich höre durch das Getöse vom Lauerweg her, wo die Eisspalten sich öffnen, einen gräßlichen Schrei und das triumphierende Geheul des Alten. Mein Herz wird kalt wie die Gletscherwand. Mit furchtbarer Gewissheit wird es mir klar.

Rahu hat in der Dunkelheit seinen Sohn für mich gehalten und von der Eiswand hinuntergestürzt!"

So berichtet Owinar! Fröstelnd hüllen sich die abgewetterten Gestalten in ihre Felle. Eine Stille des Grauens liegt über ihnen.

„Der Gott des Todes hat gerichtet!" flüstert Ahar mit zitternden Lippen.

„Beide... beide seine Kinder liegen in der Spalte! Beide von ihm selbst getötet!" ruft Harrar schaudernd „das ist der Fluch des Hasses! Er vernichtet den Hasser! Der Alte ist vom Gott des Todes verflucht wie Kainar in der alten Sage!"

Der alte Howe hält wortlos die Hand seines Sohnes gefasst. Wie ein Kind schaut er zu ihm herauf, der hoch und schlank neben ihm steht.

„Was tut ihr hier?" fragt der Wiedergefundene.

Ahar erzählt ihm die letzten Ereignisse. Während des Berichtes spannen sich die Züge Owinars. Als der Alte beendet hat, fährt sich der Künstler über die Stirn.

„Ich sah heute Nachmittag auf der Gazellenjagd eine Fährte von sechs Jägern!"

Wie von einer Feder geschnellt, springt Ahar auf:

„Das sind sie! Bei allen Dämonen der Unterwelt! Das sind die Kinderräuber von Chohor! Auf! Wo ist diese Fährte?"

„Sie führt vom Ebermoor gegen das Gazellenwäldchen hin!"

„Ah!" fährt Harrar auf. „Das ist die Richtung zur 'Zunge des bösen Weibes'! Mir ahnt etwas!"

„Fort!" kommandiert Ahar. „Beim Morgengrauen müssen wir auf der Fährte sein."

Durch die nächtliche Steppe bewegt sich ein Zug dunkler Gestalten. Aus weiter Ferne dringt das Heulen eines Wolfes, und hinter ihnen folgt das Gekläffe der Hyänen. Sie wittern Jäger. Diesmal sind es Menschenjäger!

Plötzlich steht der voranschreitende Harrar still.

„Vater! Wäre es nicht möglich, dass sie im Gazellenwäldchen nächtigten? Es ist die letzte günstige Stelle vor dem Lauerweg!"

„Du magst Recht haben! Nimm Richtung dahin!"

Kaum graut der Tag! Die Gletscherriesen des Südens leuchten unter dem glanzvollen Sternenhimmel in verhaltener Herrlichkeit. In jenen Sternen steht ein furchtbares Schicksal geschrieben. Sie umgehen das Gazellenwäldchen und nähern sich ihm von der entgegengesetzten Seite. Auf einem hohen Wipfel verkündet ein Totenkäuzchen seinen einsamschwermütigen Totenruf: Auuh — huuuh! Im Osten glänzt ein blutiger Schein. Im Gebüsch schnuppert ein herrlicher Hirsch dem erwachenden Morgen entgegen. Heute ist er sicher, heute gilt die Jagd seinem Jäger, dem Menschen! Harrar winkt und alle werfen sich in Deckung nieder. Er allein geht auf Kundschaft. Bald kommt er wieder.

„Macht die Waffen frei und folgt mir nach!"

Auf einer Blöße schlafen vier Menschen. Der Fünfte wacht. Plötzlich stößt er einen Warnruf aus. Zu spät! Schlingen zischen, Speere schwirren. Ächzen und Todesschreie durchzittern das dämmernde Dunkel. Die Übermacht siegt. Vier Menschen wälzen sich im Blut! Der Fünfte ist leicht verwundet. Rahu ist nicht bei ihnen! Auch das Kind fehlt. Da zieht der alte Howe seinen Elfenbeindolch und tritt vor den noch Lebenden hin.

„Kinderräuber von Chohor! Du kannst dein Leben retten. Wo ist Rahu mit dem Kind?"

„Vor Morgengrauen hat er uns verlassen."

„Mit dem Kind?"

„Ja!"

„Wohin will er?"

„Zum Lauerweg. Er wird das Kind Howes dem Geist seiner Tochter opfern wollen."

„Wie wird er 'opfern'?"

„Er wird es... erläßt mir die Antwort! Es wird es... in die... Gletscherspalte werfen... wo seine Tochter schläft!"

Die wilden Jäger stehen da, wie von plötzlicher Kälte versteinert.

„Zwei bleiben hier! Die anderen mir nach!" gebietet kurz Harrar, und keuchend durcheilt die Jägerkolonne die vom Dämmerschein erleuchtete Tundra. Nach einer Stunde brennt die Morgensonne auf die hochgestaute Riesenmasse des Gletschers. Der voranstürmende Harrar hält mit einem plötzlichen Ruck inne und beschattet seine Augen.

„Dort! Seht dort!"

Hoch oben auf dem Gletscher geht ein Mensch. Er scheint ein Bündel zu tragen!

„Zu spät!" stöhnt der alte Howe. Die Jäger knirschen.

„Versuchen wir das Menschenmögliche!" ruft Harrar und stürmt weiter dem Gletscher entgegen. Sie sind auf dem Eis. An einer Biegung des Lauerwegs blickt sich der Mann um und sieht seine Verfolger. Er hebt die Hand mit dem 'Bündel' hoch und durch die Luft zittert ein ferner Ton wie Ahours Donnerstimme, wenn er ein Wild geschlagen hat. Die Jäger rasen weiter, gewinnen Raum. Bald muss die Todeswand kommen. Es geht an jenen klaffenden Eisschluchten vorbei, und die Verfolger stehen vor der Eiswand, wo Raha versank. Alle hemmen den Fuß. Dort an der steilen Wand steht hoch und hager der Alte von Chohor, das wimmernde Kind im Arm!

„Beim nächsten Schritt fliegt es hinunter!" brüllt er höhnisch triumphierend. Keiner wagt mehr einen Schritt! So nahe und nicht helfen können! Der alte Howe wimmert leise. Harrar ruft mit Donnerstimme:

„Rahu! Wenn du das Kind hinunterwirfst, so bist du der Letzte deines Stammes! Wir werden deine Sippe aufstöbern und verbrennen wie ein Wespennest!"

„Prahler von Hador! Du wirst keines von ihnen finden! Sie sind gegen Westen gezogen, nach Ulianti, wo sie bei einem großen Volk Gastrecht genießen werden!"

Harrar versucht das Letzte.

„Rahu! Wenn das Kind stirbt, so wirst du geblendet werden und mit gebrochenen Gliedern Sklave deines Todfeindes Howe sein!"

„Immerhin! Diese Stunde wird mir Trost sein und noch habt ihr mich nicht!"

„Rahu! Ich biete dir Frieden!" ruft Howe in seiner Todesangst.

„Ah!... Aaah! Dieses Wort! Welche Wonne für meine alte Brust! Wie hab' ich gewartet auf diese Stunde! Ein Menschenleben lang!"

„Rahu! Ich biete dir eine größere Rache. Nimm mich! Ich will waffenlos zu dir kommen!"

„Wenn dich der Tod dieses Gezüchtes da mehr würgt als dein eigener Untergang, so verzichte ich auf dich!" Das Kind streckt seine Händchen nach dem Vater hinüber. Das gibt dem gequälten Alten einen Stich.

„Beim Grabe jener, die du einst geliebt hast, Rahu, sei ein Mensch!"

„Haah! Du erinnerst mich richtig! Weißt du Howe, Schuft von Arah, was sich an dieser Stelle ereignet hat? Sieh' mein leeres Auge! Es sieht die Rache nicht mehr, die Rache für jene Stunde! Ein Leben lang wartete es in der Finsternis auf diesen Augenblick, wie die Nacht auf den ersten Morgenstrahl. Winter war es ein Leben lang, nun taut sie auf, die harte Steppe. Der Frühling kommt, und die toten Blumen erwachen. Schau', Howe von Arah, schau her. Ich halte dein Kind über den Abgrund! Dort unten in schauerlicher Tiefe schläft Raha, die schöne Königin von Chohor! Ohne ein Kind an ihre Brust gedrückt zu haben, ging sie ins Totenreich. Heute... wird ihr ein Kind geboren!"

Ein plötzliches Aufzucken geht durch die Reihe der Jäger. Auf einem Felsblock hinter dem Kinderräuber erhebt sich eine Gestalt. Ruwo von Hador! Die wilden Krieger, hintereinander aufgestellt, sind zu Eis erstarrt. Es ist einen Augenblick so still, als ob die fürchterlichen Eisschluchten ihren Atem anhielten.

„Howe! Schuft von Arah!" brüllt der Alte herüber. „Wenn ich dreimal sterben muss... wenn mein einziges Auge auch noch erblinden sollte schau' her!"

Da fällt Ruwos Schlinge.

Wie ein gefällter Büffel stürzt Rahu mit dem Kind rückwärts auf das Eis, ohne auszugleiten, die Kleine entfällt ihm. Langsam rutscht sie mit ihrem Fellkleidchen über die Wand dem Abgrund zu. Ein einziger Wehschrei erfüllt die Luft. Schauerlich geben die gähnenden Gletscherspalten das Echo wieder. Jetzt ist sie an der Kante! An der äußersten Zinne der furchtbaren Gletscherspalte, wo Ruwo damals eine breite Kerbe zum Knien ausgemeisselt hatte, bleibt sie hängen!

Wie ein Eisfuchs gleitet Ruwo von seiner Gletscherkanzel herunter. Der kauernde Alte greift nach ihm, erhält aber einen Faustschlag auf sein gesundes Auge. Mehr gleitend als steigend kriecht Ruwo über die Wand. Jetzt hat er das Ärmchen der Kleinen erfasst. Da hat Rahu seine Schleuer losgemacht! Ein Augenblick der Hölle! Aus der Reihe der Jäger drängt sich einer zur Eiswand vor, Owinar und spricht:

Der alte Räuber hält die kleine Welia hoch über die steile Wand hinaus.

„Mörder von Chohor!" ruft er mit blitzenden Augen. „Rahu! Wenn du deinen Arm erhebst..."

Er kommt nicht weiter. Bei seinem Anblick steht der Alte wie von Geistern gebannt. Eisiger Todesschrecken malt sich auf seinem Knochengesicht. Er zittert wie in Angstlähmung. Die Schleuder entfällt seiner Hand, und der geladene Kiesel poltert mit hohlem Ton in die Tiefe. Aus seinem geweiteten Auge leuchtet es wie Wahnsinn.

„Der Tote!" schreit er auf. „Seine Seele! Ha, du kommst aus der Gletscherspalte. Geist des Todes! Wehe, ich bin verflucht...!"

„Rahu! Ich bin kein Geist! Du hast in jener Nacht des Fluches deinen eigenen Sohn verfolgt und zu Tode getroffen... unten schläft er, von seinem Vater ermordet!"

Der Rachenmund des Alten öffnet sich wie zu einem gewaltigen Brüllen! Es kommt nur ein Röcheln, ein wehes, wimmerndes Röcheln. Zitternd wie ein getroffenes Wild sinkt er ein und starrt geistlos in die Gletscherspalte.

Ruwo steigt mit der Kleinen die Stufen empor, weiter über die gehauenen Stapfen der Todeswand.

Bei seinen Jägern sinkt er mit ihr ohnmächtig nieder. Sein Vater kniet bei ihm nieder und küßt ihn auf die Stirn. Solche, die noch nie geweint haben bedecken ihre Augen.

„Hast du Rahu gesehen?" Fragt plötzlich Harrar.

„Ja, wo ist Rahu geblieben?"

„Er ist fort. Ist er in die Spalte gefallen?"

Niemand hatte auf ihn geachtet. Er ist verschwunden!

8. Kapitel - Der jagende Tod

Jahre sind vergangen!

Die Sippe von Chohor ist verschwunden. Niemand fragt nach ihr. Wieder rasen die ersten Wildherden über die Steppe. Es ist Frühling. Noch sind die Gletscher des Südens mit Schnee bedeckt. Aber die Schmelzwasser rauschen wie Sturmgebraus ins Vorland hinaus, ganze Tundrengürtel überschwemmend, die Steppenflüsse in fahrende Seen umwandelnd.

Ein warmer Föhn geht über die Steppe wie ein siegestrunkener Jäger, und vor ihm flieht sein Wild nach Norden. Der Eiswinter. Ein glanzvoller Sternenhimmel leuchtet nieder auf die greifbar nahen Eisberge des Südens.
In einem Wäldchen am Biberfluss lagert eine Jagdgesellschaft um ihr Wachtfeuer. Große Stücke eines erlegten Urstieres lassen ihr glänzendes Fett in die Flammen tropfen. Der Schein des flackernden Feuers erhellt die Gesichter: Ahar von Hador, Harrar, Ruwo, Howe, Owinar. Gespenstergeschichten, Sagen und Abenteuer umschweben mit dem Bratenduft das fröhliche Lagerleben. Sie sind einem gewaltigen Höhlenbär auf der Fährte. In der 'Geisterschlucht' hat er seine Höhle. Aber nicht dieser gewaltige Brummer bildet das Thema der Unterhaltung.
„Merkwürdig, was du da erzählst!" sagt Harrar.
„Ich habe so oft von ihm gehört, aber nie etwas von ihm bemerkt!"
„Vom jagenden Tod? Du zweifelst?" fragt Howe verwundert. „Im letzten Herbst sah ich ihn durch die Geisterschlucht fahren und über die Steppe fliegen, mitten im Brausen des Lößsturmes!"
„Hast du ihn gesehen?"
„Auge in Auge, wie ich jetzt dich schaue! Ich hatte mich von meinen Jägern getrennt, um einer angeschossenen Gemse zu folgen. Sie entwischte mir und ich musste unter einem Felsen am Wildbach nächtigen. Der Lößsturm donnerte über die Steppe, riß in den Felsen Steine los und wälzte gebrochene Waldbäume über die Steinhalden. Um Mitternacht, kam er, der jagende Tod. Brüllend, wie ein Bison, stürmte er heran. Tannenbart wehte um seine Stirn, in deren Mitte ein einziges Auge glühte. Er hat kein Fleisch an den Knochen. Man hört seine Gebeine klappern. Mit einer Riesenkeule auf der Schulter fuhr er an mir vorbei ins Tal hinaus. Noch lange hörte ich sein Gebrüll durch den rasenden Sturm. Es klang wie Tarahuuuh…Rahaaahuuh!"
„Ich glaube... weißt du, was ich glaube?"
„Nun?"
„Es ist der Geist der Gletscherspalte! Die Toten dort finden keine Ruhe, weil sie vom eigenen Vater ermordet wurden!"
„Möglich… horch!"
Die furchtlosen Jäger fahren zusammen.

„Das ist er…! Der jagende Tod!" schreit Ahar mit starren Augen. Alle sind totenblass geworden; durch das Brausen des Föhnwindes klingt ein ferner Ton:

„Tara…huuu…rahaaah…huuu…!"

Im Sturm geht der Ton unter. Keiner wagt diese Nacht zu schlafen. Der jagende Tod hält alle wach. Bei jedem Windstoß schrecken sie auf und glauben ihn zu hören, wie er durch die Büsche fährt. Wie Erlösung leuchtet ihnen das Morgenrot. Die Fährte des gewaltigen Brummers ist gefunden. In einer tiefen Höhlenspalte verlieren sich seine Fußabdrücke.

„Wer geht hinein?" fragt Ahar lachend.

„Ich!" meldet sich Ruwo.

„Ich glaube gar, du wärst wahnsinnig genug! Wir räuchern ihn aus. Holz her!"

Bald ist ein ganzer Stoß vor und in der Spalte aufgeschichtet. Harrar reibt ein Feuer an, und hoch fahren die Rauchschwaden des grünen Reisig am Felsen empor. Alle sind bereit mit Speer und Schlinge. Ruwo hat seinen Lasso an einem Föhrenstämmchen befestigt und wartet wie die Wildkatze auf den Lemming. Ein tiefes Brummen, wie aus dem Inneren der Erde… jetzt muss er kommen!

Er kommt nicht!

Das Feuer brennt nieder, und… er kommt nicht! Ratlos schauen die Jäger einander an. So etwas ist niemals dagewesen! Ruwo fasst seinen Speer und nähert sich der Spalte.

„Halt! Um keinen Preis... halt!"

Schon ist Ruwo hineingeschlüpft! In der Angst um seinen Liebling fasst Ahar seinen Speer und will ihm nach. Die anderen tun ebenso. Im Inneren hören sie Ruwos fröhliches Lachen! Er kommt wieder und lacht, dass es ihn krümmt.

„Was hast du?" fragt sein Vater kopfschüttelnd.

„Wollen wir hier warten, bis er kommt, Vater?"

„Natürlich! Wir machen ein größeres Feuer!"

„Vater! Alter Jäger! Lass dir etwas ins Ohr sagen. Der Bär ist heller als wir alle zusammen!"

„Wieso?"

„Kinderchen von Hador! Die Höhle hat einen... zweiten Ausgang!"

Man rennt durch die Höhle, die auf der anderen Seite des Felsens kaminartig endet. Hier ist eine herrliche Fernsicht. Auf der Steppe draußen trottet der Bär gemütlich gegen Westen. Die Jäger verfolgen ihn bis über Chohor hinaus. Dort geht der alte Schlauling in die hochangeschwollenen Wasser der Tundra. Sie verlieren seine Fährte… Auf dem Rückweg gehen sie über die 'Zunge des bösen Weibes'. Sie sind fröhlich und guter Dinge. Die Bärenjagd hat ihnen Abenteuer gebracht, und mehr verlangen sie nicht. Wild zum Unterhalt gibt es in Fülle. Wie sie sich der Todeswand nähern, hält der voranschreitende Harrar plötzlich inner

„Eine Hyäne! Nein!... Was ist das?"

„Ein Mensch!"

„Nein! Es ist der... ah!"

Dort, hart an der Gletscherspalte sitzt ein Gerippe, die knochigen Finger an die Schläfen gepreßt. Wilde, graue Strähnen hängen über sein Totenschädelgesicht. Das eine Auge ist leer. Das andere schaut in Totenstarre in die furchtbare Schlucht. Die Knochenhaut scheint eingefroren zu sein. Die Tränen seiner Augen sind über Nacht zu Eis geworden. Ein Grauen fasst die Jäger:

„Der jagende Tod!"

Stumm ziehen sie vorüber.

— Ende. —

137

Anhang - Übersicht über die Sippen (und wichtigsten Angehörigen)

Sippe von Hador

Ahar	:	Oberhaupt der Sippe
Harrar	:	Älterer Sohn von Ahar
Ruwo	:	Jüngerer Sohn von Ahar (der ‚Kleine')
Tujoh	:	Ein Jäger
Watu	:	Ein Jäger
Howah	:	Ein Jäger

Sippe von Chohor

Rahu	:	Oberhaupt der Sippe
Raha	:	Tochter von Rahu
Tarahu	:	Sohn von Rahu

Sippe von Arah

Howe	:	Oberhaupt der Sippe
Owinar	:	Sohn von Howe
Howelin	:	Ältere Tochter von Howe
Welia	:	Jüngere Tochter von Howe
Rah	:	Erste Frau von Howe
Wionah	:	Zweite Frau von Howe
Rarun	:	Jäger
Wehar	:	Jäger
Hagurn	:	Jäger
Ahan	:	Jäger

| Ahour | : | Der Löwe |

Weitere Bücher der FUNCRAFT Reihe:

Titel	Alter	ISBN
Funcraft - Das beste inoffizielle Mathe Ausmalbuch für Minecraft Fans (6-10 Jahre)	6-10	9783743196919
Funcraft - Das inoffizielle Mathe Ausmalbuch: Minecraft Minis (Cover Hase)	6-10	9783734781452
Funcraft - Das inoffizielle Mathe Ausmalbuch: Minecraft Minis (Cover Zombie)	6-10	9783743163744
Funcraft - Das inoffizielle Mathe Ausmalbuch: Minecraft Minis (Cover Dragon)	6-10	9783743182417
Funcraft - Das inoffizielle Mathe Ausmalbuch: Superhelden im Minecraft Skin (Cover Batman)	6-10	9783743192904
Funcraft - Das inoffizielle Mathe Ausmalbuch: Superhelden im Minecraft Skin (Cover Superman)	6-10	9783743192836
Funcraft - Das inoffizielle Witzebuch für Minecraft Fans	8-14	9783743192539
Funcraft - Noch mehr inoffizielle Witze für Minecraft Fans	8-14	9783743192607
Funcraft - Die besten inoffiziellen Witze für Minecraft Fans	8-14	9783743193192
Funcraft - Die lustigsten inoffiziellen Witze für Minecraft Fans	8-14	9783743195240
Funcraft - Das inoffizielle Rätselbuch für Minecraft Fans	8-14	9783743195387
Funcraft - Noch mehr inoffizielle Rätsel für Minecraft Fans	8-14	9783743195400
Funcraft - Das inoffizielle Offline Spielebuch für Minecraft Fans	8-14	9783743195424
Funcraft - Das inoffizielle Quizbuch für Minecraft Fans	8-14	9783741291203
Funcraft - Noch mehr inoffizielle Quizfragen für Minecraft Fans	8-14	9783739235592
Funcraft - Das inoffizielle Rekordebuch für Minecraft Fans	8-14	9783743165502
Funcraft - Das inoffizielle Hausaufgabenbuch für Minecraft Fans	8-14	9783743177666
Funcraft - Aufstand in Germanien (Ein Minecraft inspirierter Roman)	12-99	9783743196858
Funcraft - Eiszeitjäger: Auf der Fährte des Löwen (Ein Minecraft inspirierter Roman)	12-99	9783743196865
Funcraft - Das beste inoffizielle Notizbuch (liniert) für Minecraft Fans	6-99	9783743196872
Funcraft - Das inoffizielle Notizbuch (kariert) für Minecraft Fans	6-99	9783743196889
Funcraft - Frohes Neues Jahr an alle Minecraft Fans! (inoffizielles Notizbuch) - Das	6-99	9783743196896
Funcraft - Fröhliche Weihnachten an alle Minecraft Fans! (Inoffizielles Notizbuch)	6-99	9783743196902
Passwort Logbuch für Minecraft Fans	6-99	9783743163928
Pokefun - Das inoffizielle Witzebuch für Pokemon GO Fans	6-99	9783743109780
Pokefun - Das inoffizielle Quizbuch für Pokemon GO Fans	6-99	9783743109827
Pokefun - Das inoffizielle Notizbuch (Team Rot) für Pokemon GO Fans	6-99	9783743109841
Pokefun - Das inoffizielle Notizbuch (Team Gelb) für Pokemon GO Fans	6-99	9783743109858
Pokefun - Das inoffizielle Notizbuch (Team Blau) für Pokemon GO Fans	6-99	9783743109865
Pokefun - Das absolut inoffizielle Notizbuch für Pokemon GO Fans	6-99	9783743109834
Weltbester Radfahrer - Notizbuch	6-99	9783738610161
Weltbester Inline Skater - Notizbuch	6-99	9783738610178
Weltbester Skifahrer - Notizbuch	6-99	9783738610185
Weltbester Snowboarder - Notizbuch	6-99	9783738610192
Weltbester Sportler - Notizbuch	6-99	9783738610208
Weltbester Surfer - Notizbuch	6-99	9783738610215
Weltbester Taucher - Notizbuch	6-99	9783738610222
Weltbester Tennisspieler - Notizbuch	6-99	9783738610239
Weltbester Volleyballer - Notizbuch	6-99	9783738610246
Weltbester Wassersportler - Notizbuch	6-99	9783738610253

Von Theo von Taane gibt es weit mehr als 200 Witzebücher, Notizbücher, Romane, Spiele, Tools, Sportbücher und Kalender. Im Store einfach mal nach „Theo Taane" suchen.
Viel Spaß!